ZOMBIE

RÄTSELUNIVERSUM

Originaltitel: *Zombie Survival Puzzles*
ISBN 978-1-78097-989-2
Design und Illustrationen: WildPixel Ltd
Art Direktor: Stephen Cary
Projektleiter: Chris Mitchell
Überprüfung der Rätsel: Tim Dedopulos
Herstellung: Yael Steinitz

Übersetzung aus dem Englischen: Marta Wajer
Lektorat: Christina Seitz
Satz: ce redaktionsbüro, Heinsberg
Coveradaption: Noch & Noch

Gesamtherstellung: Ullmann Medien GmbH, Rheinbreitbach

ISBN 978-3-7415-2421-9

10 9 8 7 6 5 4 3 2 1

www.ullmannmedien.com

ZOMBIE RÄTSELUNIVERSUM

JASON WARD

ullmann medien um

INHALT

Er hatte geschrien, geweint, und sogar kurz angehalten, um seine Fäuste auf den heißen, unnachgiebigen Asphalt zu pressen. Rick Grimes hatte sich noch nie so mies gefühlt, als er an der Kreuzung den Blinker seiner Limousine setzte.

Doch wozu sollte das Blinken gut sein? Auf der Straße fuhr kein einziger Wagen, und diejenigen, die er sehen konnte, lagen auf dem Dach, herrenlos und zertrümmert. Es war nicht nötig, jemandem anzuzeigen, ob er nach rechts oder links abbiegen wollte, und dennoch hatten sich seine Finger in Richtung des Blinkers bewegt ... Als Polizist hatte Rick wahrscheinlich mehr Zeit in Autos verbracht als außerhalb von ihnen. Sein ganzes Leben hatte er instinktiv diesen Blinker bedient, warum also sollte er das nun ändern?

Begleite Rick Grimes und seine Gefährten auf ihrer Reise durch eine zerstörte Welt. Löse die Rätsel, um zu überleben. Wenn du scheiterst, könntest auch du dich in dieser Welt wiederfinden ... Oder noch schlimmer: als Untoter aufwachen.

STAFFEL 1
STREUNER
W

01 KEHR UM!

TEIL 1

Am Abzweig zur Autobahn hatte jemand ein Bettlaken mit der aufgesprühten Warnung **»FALSCHE RICHTUNG«** aufgehängt, und Rick folgte der Anweisung.

Weitere Warnungen entdeckte er bald darauf an einer Kreuzung, wo jemand auf das Straßenschild für den linken Weg **»SICHERHEIT HIER, ODER DU SOLLTEST DICH NACH RECHTS WENDEN«** gesprayt hatte. Der Wegweiser, der nach rechts wies, war mit dem lakonischen Satz **»TOD AUF DEM HIGHWAY«** besprüht.

Es waren offensichtlich Tage vergangen, seit die Wegweiser beschriftet worden waren, und Rick wusste, dass mindestens auf einem eine unwahre Behauptung stand.

F Soll er nach links, nach rechts, oder zurück auf den Highway gehen?

Lösung auf Seite 164

02 KEHR UM!

TEIL 2

Es gab so viele Hindernisse auf der Straße, dass Rick ständig aufpassen musste, und trotzdem konnte er es nicht ertragen, hinzusehen.

Bei dem Versuch, einen Zusammenstoß mit einem ausgebrannten Schulbus zu vermeiden, baute er fast einen Unfall. Die Fenster waren blutverschmiert und er erkannte den Namen der Schule wieder. Dort hatte er einmal einen Vortrag über Fremde und persönliche Sicherheit gehalten. Nette Kinder.

Die Traurigkeit saß tief. Rick warf einen Blick auf das Armaturenbrett. Seine Angst empfand er als Ablenkung. Das Flüchtlingslager war 175 Meilen von der Polizeistation entfernt, und der Tank wurde immer leerer. Er unternahm einige besorgniserregende Berechnungen. Das Navigieren durch das Gewirr von Fahrzeugen bedeutete, dass das Auto nur mit einer konstanten Geschwindigkeit von 30 Meilen pro Stunde vorankam. Angesichts der Tankanzeige hatte er noch genau zehn Gallonen im Tank und er weiß, dass diese Art von Polizeiwagen fünf Gallonen auf 100 Meilen verbrauchen. Das schien vielversprechend, aber ganz offensichtlich gab es irgendwo ein Leck, da der Tank zusätzlich zu seinem normalen Verbrauch eine halbe Gallone mehr an Kraftstoff pro Stunde verlor als üblich.

F **Erreicht Rick das Lager, bevor ihm der Kraftstoff ausgeht?**

Lösung auf Seite 164

03 KEHR UM!

TEIL 3

Rick ritt in Richtung Atlanta, und für einen Moment war er fast glücklich. Wenn es möglich war, an einem so schönen Nachmittag auf einem Pferd zu sitzen, gab es vielleicht noch Hoffnung. Die Straße erstreckte sich in der Ferne. Die Menschen waren in einem unvorstellbaren Horror gestorben, und es würde noch schlimmer kommen, aber die Geschichte war noch nicht zu Ende. Er würde Lori und Carl finden – davon war er überzeugt. Diese Sache hatte gerade erst angefangen.

Rick dachte an das erste Mal, als er aufgeregt auf einem Pferd gesessen hatte, und wie sein Vater ihn beruhigte, indem er ihn Rätsel lösen ließ. Damals war es ihm peinlich. Jetzt wünschte er sich, er könnte sich an all die Rätsel erinnern. Aber bis auf eines hatte er sie alle vergessen:

**»Was hat sechs Beine,
läuft aber auf allen Vieren?«**

Lösung auf Seite 164

04 MUNITIONSSUCHE

»Typisch«, murmelte Glenn vor sich hin, als würde er spüren, dass es bald so weit sein würde. Shane hatte die Vermutung gehabt, dass sie einem nahe gelegenen Sportgeschäft Munition finden könnten. Und wer musste mal wieder die Arbeit übernehmen? Er, Glenn, und nicht die Person, die auf diese Schnapsidee gekommen war!

Hilf Glenn, den Weg zu dem Geschäft zu finden.

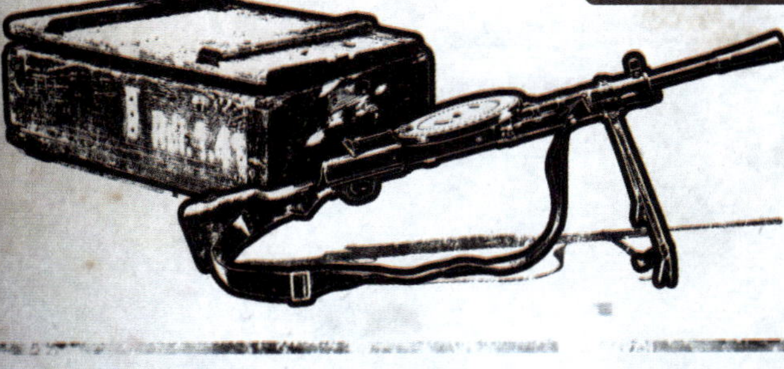

Lösung auf Seite 165

05 GANZ TIEF UNTEN

Jim konnte sich nicht an seinen Traum erinnern, geschweige denn ihn verstehen. Er wusste nur, dass er mit dem Zwang aufgewacht war, eine Reihe von Löchern zu graben. Die heiße Sonne erschwerte den Job und die besorgten Blicke der anderen machten ihn nervös, aber er konnte sich nicht bremsen. Es fühlte sich nicht gut an, aber er fühlte intuitiv, dass es richtig war.

Während er immer weiter schaufelte, ignorierte Jim alle, die vorbeikamen – Jacqui, Dale, die gaffenden Kinder. Mit grimmiger Unvermeidlichkeit kam Shane zum Schluss und sprach mit ruhiger Stimme, was bedeutete, dass sie keine Chancen mehr hatten. Er bot sogar seine Hilfe an – eine Idee, über die Jim einen Moment lang nachdachte, bevor er beschloss, Shanes Angebot nicht anzunehmen.

Nach Jims Berechnung würde er etwa acht Stunden brauchen, um sechs Löcher zu graben. Wenn er Shanes Vorschlag angenommen hätte …

F … Wie lange würden die beiden dann brauchen, um ein halbes Loch zu graben?

Lösung auf Seite 166

06 QUAL DER WAHL

»Wann bekomme ich eine Waffe?«, fragte Carl seine Mutter, und das Traurigste an der Frage war, dass sie nicht einmal als Scherz gemeint war. Lori wurde schlagartig bewusst, dass die Art von Erziehung, die sie und Rick sich für ihren Sohn vorgestellt hatten, hier vollkommen überflüssig geworden war. Er würde ein anderer Mensch werden müssen, und wenn er es bis zum Teenageralter schaffen sollte, musste er lernen, wie man tötet.

Aber noch nicht jetzt. Noch nicht heute. Lori starrte den Jungen an und versuchte, die Gedanken an die Zukunft auszublenden. Sie suchte nach Ablenkung und stellte Carl ein Rätsel:

»Carl, du wurdest zum Tode verurteilt. Tut mir leid, denn das ist eine ernste Situation. Noch schlimmer ist die Tatsache, dass dein Henker ein grausamer und launischer Mann ist. Dass er verrückt ist, zeigt sich schon daran, dass er andauernd lächelt. Scheinheilig erlaubt er dir, den Raum zu bestimmen, in dem du sterben sollst. Im ersten Raum wütet ein Feuer, im zweiten Raum befindet sich ein bengalischer Tiger, der seit einem Jahr nichts mehr gefressen hat, und im dritten Raum warten gewaltbereite Soldaten auf dich.«

F **Welchen Raum sollte Carl wählen?**

Lösung auf Seite 166

07 VERSTECKTES BILD 1

Welches grausame Bild verbirgt sich hier?

	2	2	1	1	2	5 3	9 5	12	10	2 4 3	8 3 3	2 6	9	3 6	4 3	3	2	1	1	
1																				
1 1 1																				
2 1 2																				
2 1 2																				
2 1 1																				
2 2 2																				
1 2 1																				
2 1 1																				
2 1																				
5 2																				
7 1																				
1 8																				
2 3 3																				
2 3 3																				
1 4 3																				
5 3																				
10																				
7																				
6																				
1																				

Um das Bild sichtbar zu machen, musst du bestimmte Felder des Rasters einfärben. Die Zahlen über den Spalten und neben den Zeilen geben an, wie viele eingefärbte Blöcke es jeweils gibt und wie viele Felder die jeweiligen Blöcke haben sollen, wobei sich zwischen jedem Block mindestens ein leeres Feld befinden muss.

 Lösung auf Seite 167

08 GEZÄHLTE TAGE

Dale beobachtete, wie der Kopf des Streuners zerplatzte, und dachte an Verabredungen mit Mädchen. Es war leichter, darüber nachzudenken als über andere Dinge.

Er fragte sich, ob der Tag kommen würde, an dem er nicht mehr wirklich wusste, welcher Tag war. Früher hatte er nach seinem Kalender gelebt und jeden Tag mit einem großen roten X durchgestrichen, aber so etwas war nicht mehr nötig. Wusste noch jemand, dass heute Freitag war? Es gab kaum ein Morgen. Es gab nur ein Jetzt und ein Danach.

Durch den Sucher seines Gewehrs sah er, dass der Streuner jetzt in einem Busch am Zaun lag. Dale hatte in den letzten fünf Tagen 30 Streuner getötet. Im Steinbruch wuchs die Anzahl: Jeden Tag hatte er drei Streuner mehr getötet als am Tag zuvor. Wenn sich das Blatt nicht wendet, sind wir bald von ihnen umgeben. Er überlegte in Gedanken versunken, an welchem Tag das wohl sein würde.

F Wie viele Streuner hat Dale am Montag erschossen?

Lösung auf Seite 168

09 DAS UNTOTEN-QUIZ

STAFFEL 1 EINFACH

1. WER SCHRIEB UND LEITETE DIE PILOTFOLGE VON THE WALKING DEAD UND ENTWICKELTE DIE FERNSEHFASSUNG?

2. WELCHE POSITION HAT RICK GRIMES BEI DER POLIZEI?

3. WER IST DIE ERSTE LEBENDE PERSON, DIE RICK NACH DEM AUFWACHEN IM KRANKENHAUS TRIFFT?

4. WAS FEHLT BEI RICK ZU HAUSE, SODASS ER VERMUTET, DASS LORI UND CARL NOCH AM LEBEN SIND?

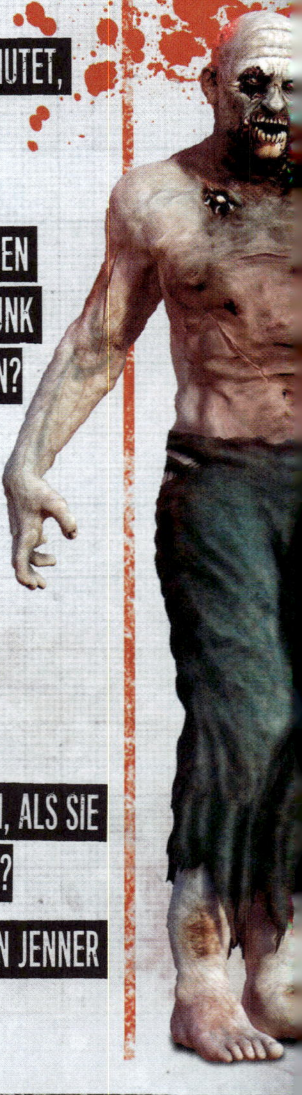

5. ALS ER IN EINEM PANZER GEFANGEN WIRD, WIRD RICK VON GLENN PER FUNK KONTAKTIERT. WIE NENNT GLENN IHN?

6. WAS VERSUCHEN SHANE UND CARL IM STEINBRUCH ZU FANGEN?

7. WAS IST DAS GEHEIMNIS DER BANDE, DIE GLENN ENTFÜHRT?

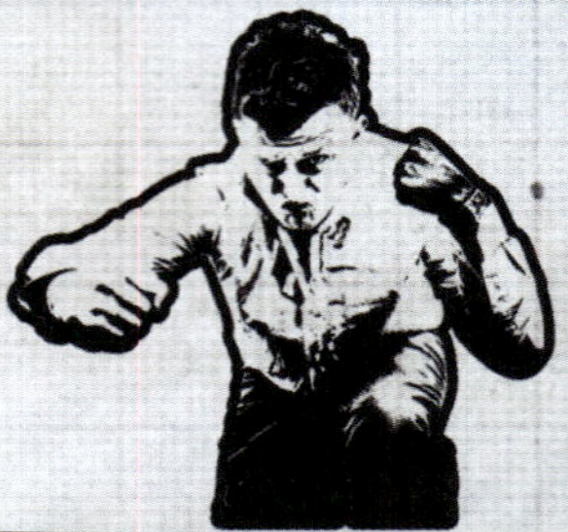

8. WER SCHLÄGT CAROLS EHEMANN ED ZUSAMMEN?

9. WAS FINDEN RICK, DARYL, T-DOG UND GLENN, ALS SIE ZUM DACH DES KAUFHAUSES ZURÜCKKEHREN?

10. WELCHE INFORMATIONEN GIBT DR. EDWIN JENNER RICK, BEVOR SIE SICH TRENNEN?

Lösungen auf Seite 168

10 DAS UNTOTEN-QUIZ

STAFFEL 1 SCHWIERIG

1. WELCHE WORTE FINDET RICK IM KRANKENHAUS AUF EINE TÜR GESPRÜHT?
2. WIE HEISST MORGANS UNTOTE FRAU?
3. WELCHE WAFFE BENUTZT RICK, UM DEN ERSTEN STREUNER ZU TÖTEN?
4. IN WELCHEM FIKTIVEN TEIL VON GEORGIA VERLIEBEN SICH RICK UND LORI?
5. RICK STIFTET ANDREA DAZU AN, ETWAS AUS DEM KAUFHAUS MITZUNEHMEN. WAS?
6. WELCHE FISCHKÖDER SOLLEN ANDREA UND AMY LAUT IHREM VATER BENUTZEN?
7. NACH DEM VERLASSEN DES STEINBRUCHS GEHT DIE GRUPPE ZUM CDC. WOFÜR STEHT CDC?
8. WER IST SUBJEKT 19?

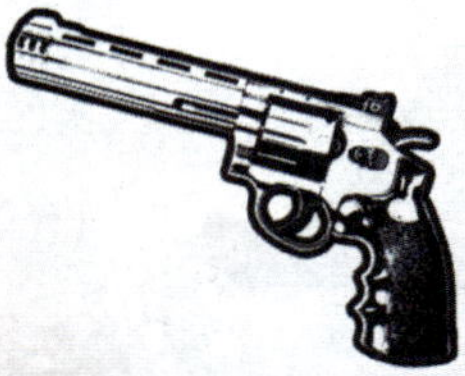

9. WELCHES LAND WAR DR. JENNER ZUFOLGE KURZ DAVOR, EIN MITTEL GEGEN DIE SEUCHE ZU FINDEN?
10. WELCHE DREI HAUPTFIGUREN DER ERSTEN STAFFEL VON THE WALKING DEAD KOMMEN NICHT IN DER URSPRÜNGLICHEN COMIC-SERIE VOR?

Lösungen auf Seite 169

STAFFEL 2
SCHLEICHER

11 AUF DER STRASSE

TEIL 1

Shane überlegte dauernd, ob es nicht schneller ginge, wenn sie alle nach Fort Benning laufen würden. Sie verbrachten nämlich die Hälfte ihrer Zeit damit, zerstörte Autos von der Straße zu schaffen, und die andere Hälfte damit, ihre eigenen Schrottkisten in Gang zu halten.

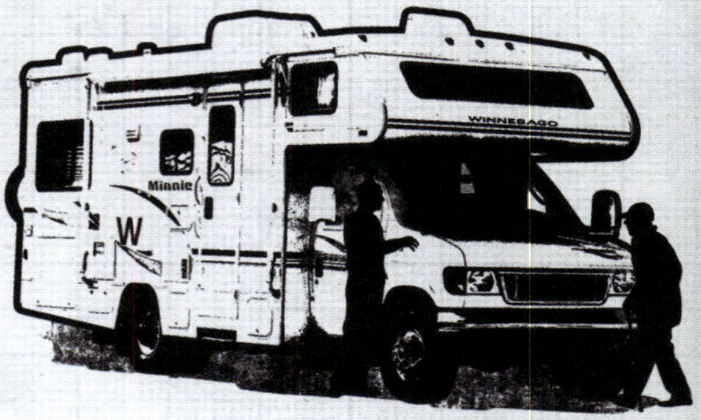

Am ersten Tag hatte die Gruppe, nachdem sie die Ruinen des Zentrums für Seuchenkontrolle und damit auch ihre Hoffnung auf Heilung hinter sich gelassen hatte nur sieben Meilen zurückgelegt. Aber es ging voran. Sie schafften nun täglich vier Meilen pro Tag, sodass sie an dem Tag, an dem eine Streunerhorde ihnen auflauerte, bereits 51 Meilen geschafft hatten.

F **Wie lange war die Gruppe unterwegs, bevor sie stoppen musste?**

Lösung auf Seite 169

12 AUF DER STRASSE

TEIL 2

Zu überleben nahm den größten Teil des Tages in Anspruch. Ob sie nun nach Nahrungsmitteln und Vorräten suchten, Streuner töteten oder Fort Benning näher kamen, die Gruppe widmete sich vor allem der mühsamen Leistung, am Leben zu bleiben. Trotzdem gab es Zeitspannen, in denen es sehr wenig zu tun gab. Dies war besonders schwierig für Carl und Sophia, die an ein Leben ohne Struktur und Schule nicht gewöhnt waren.

Ihre Antwort auf Angst und Langeweile war, in lächerliche Streitigkeiten zu geraten. Während eines schwülen Nachmittags, als die Erwachsenen sich über irgendetwas stritten, hatten die Kinder ihre eigene Auseinandersetzung: Carl behauptete, dass er doppelt so viele Streuner wie Sophia getötet hätte, während Sophia behauptete, dass sie doppelt so viele Streuner getötet hätte wie Carl.

F **Beide sagten die Wahrheit. Wie ist das möglich?**

Lösung auf Seite 170

Schleicher

13 AUF DER STRASSE

TEIL 3

Wenn Dale Geschichten erzählte, war es schwer zu sagen, ob sie ihm tatsächlich passiert waren oder nicht. Bei den unterschiedlichsten Gelegenheiten hatte sich fast jeder in der Gruppe schon gefragt, ob er sich eine Anekdote nur ausdachte, um seinen Standpunkt zu untermauern. Ein bemerkenswerter Vorfall ereignete sich, als er Daryl zum Wohnmobil rief, wo er gerade in einen Kampf mit einem kaputten Kühlerschlauch verwickelt war. Ohne jegliche weitere Erklärung begann er über seine Jugend zu sprechen:

»Habe ich dir jemals von meinem Bruder erzählt? Er hat immer versucht, mich reinzulegen, weil er älter war. Ich werde den Aprilscherz nie vergessen, als er in mein Zimmer gestürmt kam und mir sagte, er würde mich heute austricksen, wie er es vorher noch nie getan hätte. Ich war erst sechs Jahre alt und konnte mich nicht entscheiden, ob ich aufgeregt oder ängstlich sein sollte. Ich habe den ganzen Tag gewartet – aber nichts ist passiert. Das hat mich wütend gemacht – ich habe wahrscheinlich mit den Füßen aufgestampft – und ich habe ihn kurz vor dem Schlafengehen darauf angesprochen.
›Also, du dachtest, ich lege dich herein?‹, sagte er und ich bejahte. Er weiter: **›Dale, wenn du dachtest, ich lege dich herein, und es dann nicht getan habe, bedeutet das, dass ich dich hereingelegt habe!‹** Dann klopfte er mir auf die Schulter, weil er ein freundlicher und liebevoller Bruder war. Ich habe mich immer gefragt, ob er recht hatte oder nicht.«

F **Hat Dales Bruder ihn hereingelegt?**

Lösung auf Seite 170

14 TÖDLICHES ZIEL 1

Ihnen lief die Zeit davon. Die Horde war aus dem Nichts aufgetaucht und würde sie bald erreichen. Hilf Andrea dabei, die Streuner zu töten, während sie ihre Freunde beschützt.

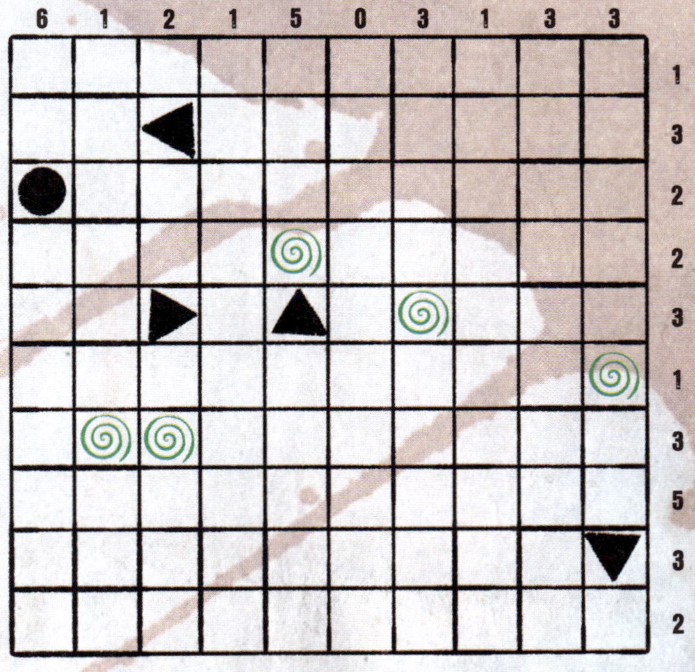

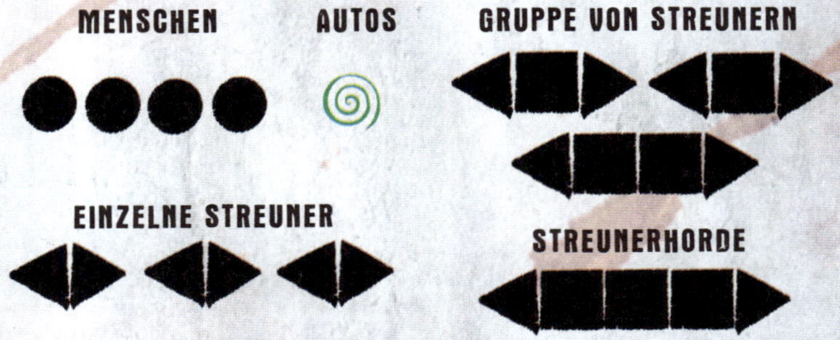

Identifiziere die genauen Positionen der in diesem Raster versteckten Streuner und Menschen. Alle sind horizontal oder vertikal positioniert, und niemand grenzt unmittelbar an andere Personen, auch nicht diagonal. Die Zahlen über den Spalten beziehungsweise neben den Zeilen geben die Anzahl der Gesamtsegmente in den entsprechenden Zeilen und Spalten an.

Lösung auf Seite 171

15 FLASCHENSCHIESSEN

TEIL 1

Es verlieh einem eine seltsame Befriedigung, etwas zu zerschießen, das nicht versuchte, einen zu beißen. Die leeren Flaschen standen einfach nur da, glitzerten in der Morgensonne und versuchten nicht, jemanden zu ermorden. Das wussten alle sehr zu schätzen.

Shane, ein Waffennarr und ihr Ausbilder, lange bevor es einen vernünftigen Grund gab, eine Waffe abzufeuern, war in seinem Element. Nachdem er seine Auszubildenden mit den Grundlagen des Schusswaffengebrauchs vertraut gemacht hatte, veranstaltete er einen Wettbewerb. Es gewann derjenige – die erste Person oder das erste Paar –, der eine bestimmte Anzahl von Flaschen zerschossen hatte. Zur Überraschung aller gelang es Patricia, Jimmy und Carl als Team zu übertreffen, was ganz schön anspruchsvoll war. Patricia und Jimmy waren so gut wie Andrea und Carl. Kein Paar konnte alle Flaschen schneller abschießen als die anderen. Wenn Carl mit Jimmy seinen Platz tauschte, gewannen Andrea und Jimmy mit Leichtigkeit.

F **Wie sieht die Rangfolge der Schützen aus?**

 Lösung auf Seite 172

16 FLASCHENSCHIESSEN

TEIL 2

»Hoffen wir, dass Schleicher Glasscherben nicht mögen«, sagte Shane und trat mit seinem Schuh eine der Scherben weg. Die Anfänger-Scharfschützen hatten alle Flaschen kaputtgeschossen, sodass das Gelände ein Risikobereich für barfüßige Eindringlinge war. Erschöpft von der Anstrengung lagen sie auf dem Rücken im Gras und ignorierten das leise Klingeln der Schüsse, das immer noch in ihren Ohren nachhallte. Irgendjemand schlug vor, noch mehr Flaschen zu besorgen, aber die Begeisterung für diese Idee hielt sich in Grenzen.

Als ob sie die Müdigkeit geahnt hätte, die eine solche Aktion nach sich ziehen würde, brachte Beth eine Kiste mit fünf Pfirsichen aus dem Garten mit, was gar nicht so einfach war, wenn man bedachte, wie eifersüchtig Hershel seinen Pfirsichbaum bewachte.

F **Wie lassen sich die Pfirsiche, ohne die Früchte zu zerschneiden, so unter den fünf Personen aufteilen, dass ein Pfirsich in der Kiste übrig bleibt?**

Lösung auf Seite 172

17 GEISTERJAGD

Niemand hat länger nach Sophia gesucht als Daryl – wenn sie nicht irgendwann von ihrem grausamen Schicksal erfahren hätten, würde er sie immer noch suchen. Es war egal, wie hoch der Preis war: Er konnte einfach nicht aufgeben, bis ein Job erledigt war. Angesichts seiner Familie und seiner Erziehung hatte er keine Ahnung, woher diese Einstellung kam.

Einer seiner entmutigenden Versuche, das vermisste Mädchen zu finden, bestand darin, einen Hügel südlich der Farm hinaufzusteigen. Hershel hatte ihn gewarnt, dass das kein Spaziergang sei, aber es gab dort die gute Möglichkeit, die Gegend von oben zu überblicken, und die wollte er auf jeden Fall nutzen. Daryl stieg mit einer Geschwindigkeit von eineinhalb Meilen pro Stunde bis ganz nach oben, aber seine Mühen waren vergeblich: Es war nichts zu sehen. Voller Enttäuschung bewältigte er den Abstieg viel schneller und kam mit einer Geschwindigkeit von viereinhalb Meilen pro Stunde unten an. Abgesehen von der Zeit, die er auf dem Hügel verbrachte, brauchte Daryl sechs Stunden, um seine Wanderung zu beenden.

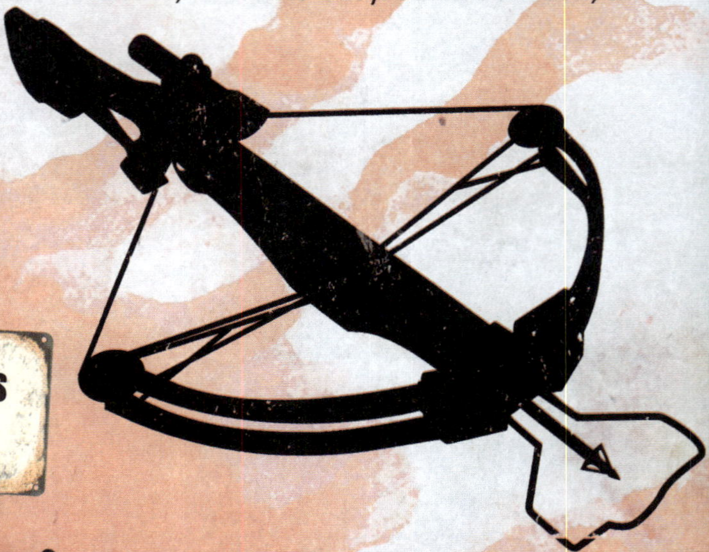

F **Wie weit war es bis zur Hügelkuppe?**

Lösung auf Seite 172

18 ORIENTIERUNGSLOS

Otis starrte die Karte an, als ob sie ihm jemand wegnehmen wollte. Er hockte sich auf den dunklen Parkplatz der Schule, ignorierte das Stöhnen der Untoten und versuchte sich zu konzentrieren: Das Beatmungsgerät musste irgendwo sein. Er würde diesen Jungen nicht im Stich lassen, ganz zu schweigen von dem Mann, der ihnen freiwillig geholfen hatte.

Start

Ziel

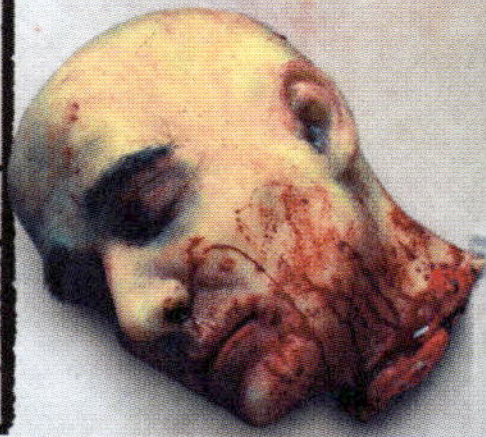

F Wie kann Otis das Beatmungsgerät erreichen?

Lösung auf Seite 173

19 GESUNDHEITSPROBLEME

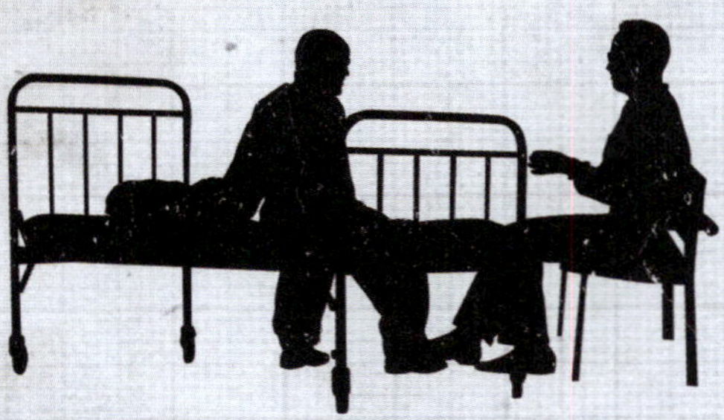

Es war zwar mittlerweile eine ziemlich ungewohnte Vorstellung, einen kranken Menschen zu kennen, der sich nicht bald in einen Streuner verwandeln würde, aber nach seinem Unfall hatte Carl keinerlei Mangel an Besuchern. Während er sich von der Schussverletzung und der Notoperation erholte, nahmen sich alle Zeit, um sich zu dem Jungen zu setzen und ihn zu unterhalten.

Der aufregendste Besucher war zweifellos T-Dog, der mit drei Medaillen in das Krankenzimmer kam. Er erklärte, dass er, bevor er sich den anderen anschloss, kurz im Haus eines olympischen Stabhochspringers Zuflucht gesucht hatte, der den Ausbruch leider nicht überlebt hatte. Seitdem hatte er die Medaillen des Athleten bei sich und schlug vor, dem Jungen eine abzugeben. Carls Augen leuchteten, als er die Gold-, Silber- und Bronzemedaille betrachtete, aber T-Dog sagte, es gäbe einen Haken: Um eine Medaille zu bekommen, müsste Carl eine wahre Aussage machen, und wenn sie falsch sei, würde er gar nichts bekommen.

Q **Was hat Carl gesagt, damit T-Dog ihm die Goldmedaille gibt?**

 Lösung auf Seite 174

20 DAS UNTOTEN-QUIZ

STAFFEL 2 EINFACH

1. THE WALKING DEAD BASIERT AUF EINER BELIEBTEN COMIC-SERIE. WER WAR DER AUTOR?

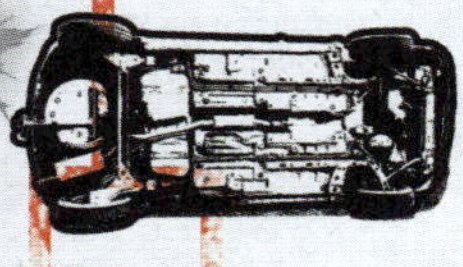

2. WIE KOMMT ES ZU DEM UNFALL IN LORIS WAGEN?

3. WER SCHIESST AUS VERSEHEN AUF CARL?

4. WORUM BITTET LORI GLENN, FALLS ER EINE APOTHEKE FINDEN SOLLTE?

5. WER IST DER ERSTE NICHT-STREUNER, DEN DARYL TÖTET?

6. WARUM RASIERT SHANE SEINEN KOPF?

7. WAS SCHENKT HERSHEL GLENN?

8. WER TAUCHT IN DARYLS HALLUZINATION AUF, ALS ER VON EINEM ARMBRUSTBOLZEN VERWUNDET WIRD?

9. WO WURDE SOPHIA GEFUNDEN?

10. WIE KOMMT DER STREUNER, DER DALE ANGREIFT, ZUR FARM?

Lösungen auf Seite 174

Schleicher

21 DAS UNTOTEN-QUIZ

STAFFEL 2 SCHWIERIG

1. IM VORSPANN DER ERSTEN BEIDEN STAFFELN IST DIE TITELSEITE EINER ZEITUNG ABGEBILDET. WIE LAUTET DIE SCHLAGZEILE?

2. WELCHE LEGENDÄRE KREATUR SOLL DARYL EINMAL AUF DER BAUMHÖRNCHENJAGD GESEHEN HABEN?

3. WIE LAUTET DER SPITZNAME VON HERSHELS PFERD?

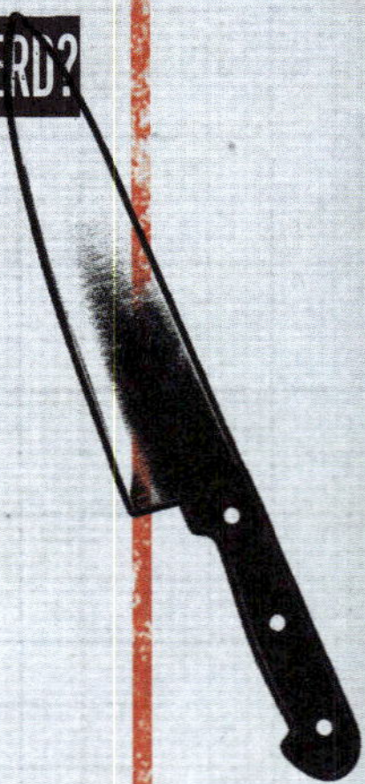

4. WELCHE BLUTGRUPPEN HABEN RICK UND CARL?

5. WIE LAUTET DER TATSÄCHLICHE NAME VON T-DOG?

6. WELCHE ART VON BLUME SCHENKT DARYL CAROL?

7. WAS HÄNGT AN SHANES HALSKETTE?

8. WIE HEISSEN DIE BEIDEN MÄNNER, DENEN RICK, HERSHEL UND GLENN IN PATTONS BAR BEGEGNEN?

9. WIE VERLETZT SICH T-DOG AM ARM?

10. WELCHES BUCH GIBT ANDREA DARYL, UM SICH DAFÜR ZU ENTSCHULDIGEN, DASS SIE IHN ANGESCHOSSEN HAT?

Lösungen auf Seite 175

22 MODERNE ROMANZE

TEIL 1

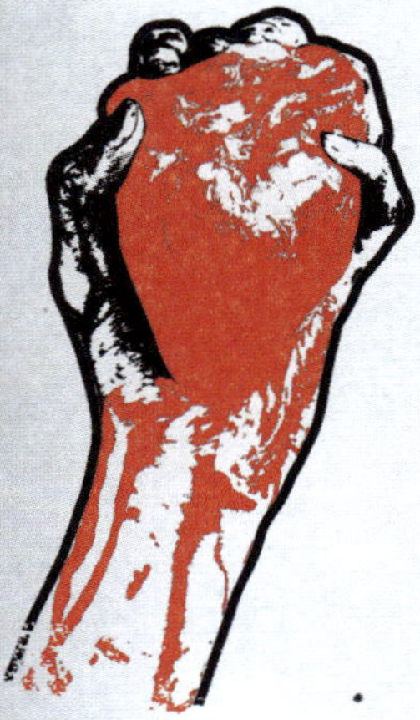

Maggie war sich nicht ganz sicher, auf welchen Typ sie stand oder ob sie überhaupt einen Partner wollte, aber vermutlich waren die meisten potenziellen Kandidaten inzwischen ohnehin tot. Sie war nicht besonders beunruhigt über diese Tatsache. Nach dem katastrophalsten Ereignis in der Geschichte der Menschheit stand Dating ganz unten auf ihrer Liste. Und dann traf sie Glenn.

Er hatte etwas. Er war klug und mutig, wusste es aber nicht. Er stellte andere jedes Mal an erste Stelle, selbst wenn es bedeutete, in einen Brunnen zu klettern, um mit einem aufgeblähten Streuner zu kämpfen. Glenn war offensichtlich auch interessiert: Er hatte irgendwie die unbegründete Idee, dass sie Rätsel mochte, und hatte jeden um Vorschläge gebeten. Sein letztes – eigentlich stammte es von Dale – lautete:

»Welcher Teil eines Vogels fliegt nicht am Himmel, kann im Meer schwimmen und bleibt trotzdem trocken?«

F **Wie lautet die Antwort?**

Lösung auf Seite 175

Schleicher

23 MODERNE ROMANZE

TEIL 2

Maggie liebte Rätsel! Dessen war sich Glenn sicher. Vielleicht appellierten sie an ihren analytischen Verstand, auf jeden Fall konnte sie offensichtlich nicht genug davon bekommen.

Nachdem Glenn die Geduld der anderen Bewohnern der Farm überstrapaziert hatte, besuchte er die lokale Bibliothek auf der Suche nach Vorräten. Sie war weitgehend verschont geblieben, nicht wie die anderen Gebäude in der Stadt, aber er konnte kein einziges Buch finden, das ihn weiterbrachte. Dieser Umstand inspirierte ihn jedoch sehr. Als er zurückkam, fragte er Maggie Folgendes:

Bibliothek

F »Was hat ein Herzog mit einem Buch gemeinsam?«

Lösung auf Seite 175

24 SAFEKNACKEN 1

Gerade weil Georgia in letzter Zeit von zahlreichen Verbrechen heimgesucht wurde, waren die Safes von Rickard immer ein willkommener Anblick. Die Firma wäre allerdings schnell pleite gewesen, wenn die reale Welt noch existieren würde. Laut Fernsehwerbung waren die Safes zwar absolut sicher, in Wahrheit aber konnten die Codes durch das Lösen eines Rätsels abgeleitet werden. Wenn du einen Rickard-Safe knacken kannst, bevor ein Streuner dich angreift, wirst du mit ein oder zwei Waffen belohnt – sowie mit mehreren vollkommen nutzlosen Geldsäcken.

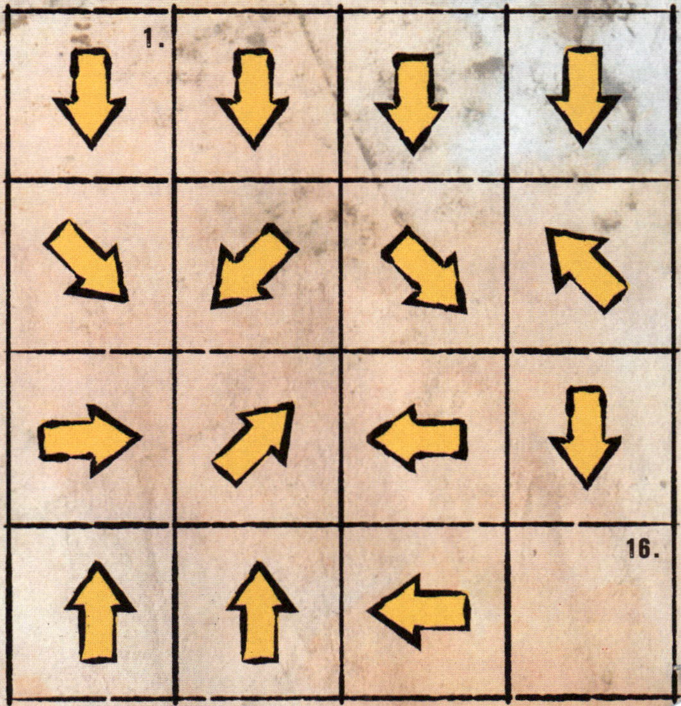

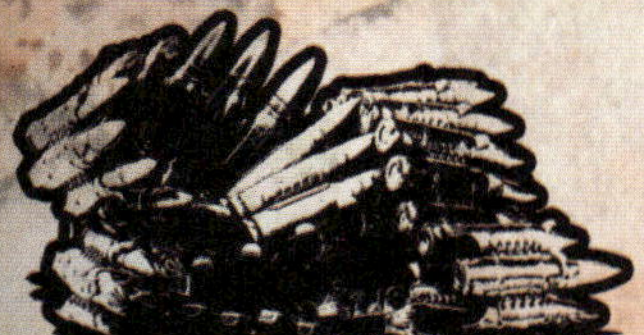

Um den Safe zu knacken, bewegst du dich von links oben nach rechts unten und besuchst jedes Feld genau einmal. Die Pfeile in jedem Feld zeigen, in welche Richtung du dich bewegen musst.

25 DIE LETZTE FARM

TEIL 1

Soweit Hershel wusste, war im gesamten Landkreis kein einziges anderes Unternehmen mehr in Betrieb. Die Highschool war aufgegeben, das Krankenhaus niedergebrannt, sämtliche Läden geschlossen. Alles, was übrig geblieben war, war der Bauernhof seiner Familie – auf wundersame Weise unberührt. Wenn die Farm nicht existieren würde, könnte er es auch nicht: Die Felder mussten bearbeitet und die Tiere versorgt werden.

Um den plötzlichen Zustrom neuer Menschen zu bewältigen, hatte er im Herbst weiteres Gemüse gepflanzt. So weit im Voraus zu denken, war ein Luxus, den sich die meisten nicht mehr erlauben konnten, aber er konnte es sich nicht leisten, es nicht zu tun. Der neue Garten von Hershel maß 50 × 50 Meter und erforderte Zäune, um ihn vor wilden Tieren zu schützen. Die Zaunpfosten waren genau fünf Meter voneinander entfernt.

F **Wie viele Pfosten hat Hershel für den Zaun verwendet?**

 Lösung auf Seite 176

26 DIE LETZTE FARM

TEIL 2

Niemand hatte sich die Mühe gemacht, den Kühen mitzuteilen, dass sie das Ende aller Zeiten durchlebten. Hershels schwarze und braune Kühe fraßen, schliefen und faulenzten weiter, als wäre alles völlig normal.

Glücklicherweise bedeutete dies eine konstante Milchproduktion für die Bewohner seiner Farm, doch mit Rick und seiner Gruppe musste Hershel entscheiden, welche Milchkuhrasse er züchten sollte. Er fand heraus, dass vier braune und drei schwarze Kühe an fünf Tagen so viel Milch gaben wie drei braune und fünf schwarze an vier Tagen.

F Welche Kuhrasse produziert die meiste Milch?

Lösung auf Seite 177

27 DIE LETZTE FARM

TEIL 3

Die Aufnahme so vieler neuer Leute hatte den Vorteil, dass es mehr Hände zum Helfen gab. Dies war angesichts der fortschreitenden Alters von Hershel und der generellen Nutzlosigkeit von Beths Freund Jimmy wichtig.

Hershel hatte ausgerechnet, dass fünf Personen fünf Kisten Äpfel in fünf Minuten packen könnten.

F Wie viele Personen packen 50 Kisten in 50 Minuten?

28 BÖSER COP

Shanes »Verhör« seines Gefangenen lief nicht gut. Aus irgendeinem Grund schien Randall sich mehr mit den Schmerzen zu beschäftigen, die ihm zugefügt wurden, als sich auf die Beantwortung der Fragen zu konzentrieren. Er weigerte sich zu sagen, wo sich seine Gruppe befand oder wie viele von ihnen dort waren.

Die einzige wirkliche Information, die Shane aus ihm herausholen konnte, war, dass alle bis auf zwei Männer aus Augusta stammten, alle bis auf zwei Männer in Columbus geboren worden waren und alle bis auf zwei Männer ursprünglich aus Macon stammten. Es gab darüber hinaus eine Frau aus Valdosta. Nachdem er fertig war, gab Shane die Informationen hilflos an Rick weiter, der sofort wusste, um wie viele Leute es sich handelte.

F **Aus wie vielen Personen bestand die Gruppe?**

Lösung auf Seite 177

FINDE DIE

Es gibt zehn Unterschiede zwischen dem Bild auf der linken und dem auf der rechten Seite. Kannst du sie finden?

Schleicher

UNTERSCHIEDE 1

Lösung auf Seite 178

Schleicher

30 TOTE ZÄHLEN

Dieser Mann war gefährlicher als jeder Streuner, dachte sich Hershel, als Shane die Türen des Stalls zertrümmerte. Der antwortete nur, dass sich die Zeiten geändert hätten, und damit hatte er recht: Für Hershel bedeutete es, dass nichts so wie früher war. Genauso wie er an Gott, seine Familie und den Alkohol glaubte, so glaubte er auch, dass die Epidemie vorübergehen würde und man ein Heilmittel finden würde.

Das aber spielte im Moment keine Rolle. Die Untoten liefen durch das Sonnenlicht und stapften ihrem Schicksal entgegen. Gedanklich gab Hershel ihnen Nummern, damit er seinen Kummer mindern konnte. Ein Fünftel gehörte zu seiner eigenen Familie, ein Drittel waren Nachbarn von der Farm nebenan. Die dreifache Differenz zwischen diesen beiden Zahlen waren Freunde aus der Kirche gewesen. Er kannte sie alle, hatte sie alle gemocht.

Zumindest war es jetzt vorbei, dachte er, und dann sah er sie. Das vermisste Mädchen. Sophia. Otis musste sie gefunden und dort hingebracht haben, bevor er getötet wurde. Ihre Mutter weinte. Niemand wusste, was zu tun war. Es war eine gottverdammte Tragödie.

F **Wie viele Untote halten sich mindestens in der Scheune auf?**

Lösung auf Seite 179

STAFFEL 3
BEISSER

31 EINZELHAFT

TEIL 1

Nach dem ersten Monat hatten sie sich die spannendsten, nach dem zweiten Monat auch die langweiligeren Geschichten erzählt. Als Gefangene waren sie bereits mehr daran gewohnt als die meisten, isoliert zu leben, aber zehn Monate in einer Cafeteria wären für jeden eine Herausforderung. Nach dem Aufruhr, dem Blutvergießen und dem Auftauchen der Untoten waren die fünf Männer dankbar, nicht mehr unmittelbar in Gefahr zu sein, und unternahmen nichts, außer auf Rettung zu warten, die nicht kommen würde.

Andrew und Tomas schmollten meistens und hielten sich im Hintergrund, aber die restlichen drei unternahmen alles denkbar Mögliche, um die anderen zu unterhalten. Während Scharaden und das Nachspielen von TV-Serien, an die man sich nur noch gerade so eben erinnern konnte, schnell öde wurden, waren Rätsel unter den Gefangenen beliebt. Sie konnten tagelang nach dem perfekten Rätsel suchen und waren stolz darauf, sich gegenseitig zu übertreffen. Das Unterfangen war von Big Tiny initiiert worden, der eines Tages strahlend zu den anderen kam und fragte:

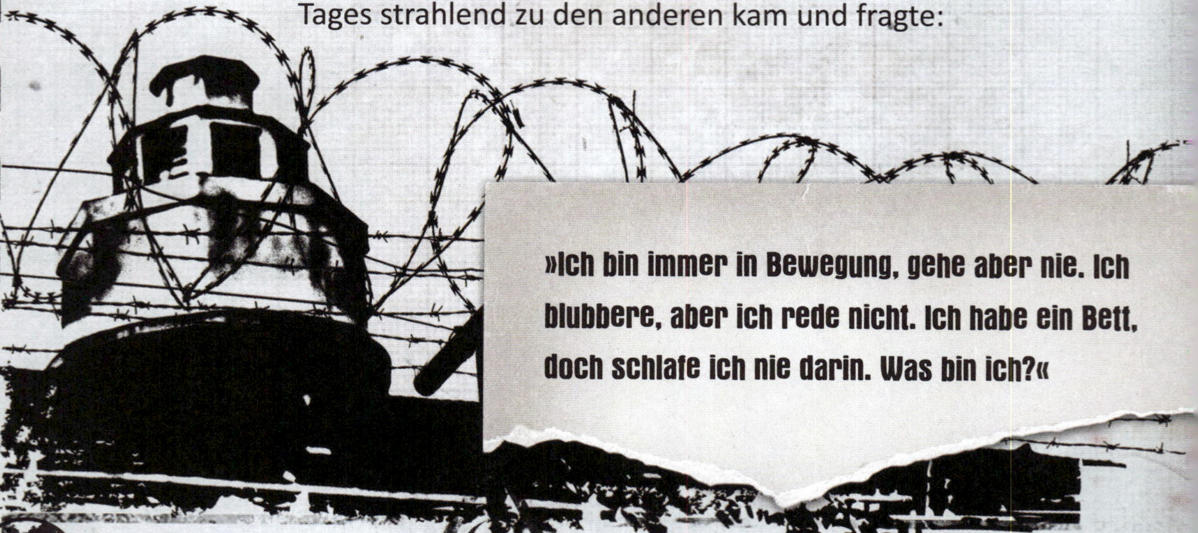

»Ich bin immer in Bewegung, gehe aber nie. Ich blubbere, aber ich rede nicht. Ich habe ein Bett, doch schlafe ich nie darin. Was bin ich?«

Lösung auf Seite 179

32 EINZELHAFT

TEIL 2

Oscar war der Einzige, der das Rätsel von Big Tiny knacken konnte. Axel brütete eine Stunde lang, bevor er sich geschlagen gab.

Das Trio entschied, dass nach seinem Sieg Oscar als Nächster dran war. Er nahm seine Verantwortung ernst und verbrachte einen ganzen Nachmittag damit, die Cafeteria nach Inspiration für ein Rätsel zu durchforsten. Doch ihm fiel nichts ein, also fuhren sie mit ihren üblichen Aktivitäten wie Kartenspielen fort oder erzählten sich unglaubwürdige erotische Geschichten, die sie angeblich erlebt hatten. Mitten in der Nacht jedoch weckte Oscar die anderen, als sie schliefen, und schrie ihnen sein Rätsel ins Gesicht:

»Du trennst meinen Kopf mit einem Messer ab und weinst dann neben mir, wenn ich tot bin. Was bin ich?«

F **Wie lautet die Lösung von Oscars Rätsel?**

Lösung auf Seite 179

33 EINZELHAFT

TEIL 3

Axel konnte auch dieses Rätsel nicht lösen, und er fragte sich, ob nicht vielmehr sein mangelnder Verstand vielleicht die Ursache dafür war, dass er im Gefängnis gelandet war, und nicht die Tatsache, dass er einen bewaffneten Raubüberfall mit einer Wasserpistole durchgezogen hatte.

Es war offensichtlich, dass Big Tiny ständig auf der Suche nach neuen Rätseln war, und tatsächlich stellten sie in den folgenden Monaten fest, dass er immer eines parat hatte. Kaum hatte er Oscars Rätsels gelöst, gab er sein eigenes zum Besten:

»Nimm die Zahl 50 in einer fremden Sprache und hänge einen Baum dahinter, dann hast du das, was da draußen massenhaft herumliegt.«

Lösung auf Seite 179

34 EINZELHAFT

TEIL 4

Als Axel Big Tinys Rätsel noch vor Oscar gelöst hatte, war dies wahrscheinlich der stolzeste Moment seines Lebens, obwohl dies mehr über sein bisheriges Leben als über den Wert seiner intellektuellen Leistung an sich aussagt.

Trotzdem hatte er die Absicht, den Moment voll und ganz auszukosten – was Tomas so auf die Palme brachte, dass er bei mehr als einer Gelegenheit sein Leben bedrohte. Aber Axel ging das Risiko eines gewaltsamen Todes gern ein, dazu kam noch die Schadenfreude über Oscars Verlegenheit, nicht auf die Lösung gekommen zu sein. Letztendlich war er mit seiner Leistung so zufrieden, dass sie ihn zu einem Rätsel inspirierte, das seinem Erfolg das i-Tüpfelchen aufsetzen sollte:

»Du befindest dich in einem Kerker mit zwei Ausgängen. Vor jedem Ausgang steht ein Wächter. Einer dieser Wächter sagt immer die Wahrheit, der andere ist ein notorischer Lügner. Du weißt aber nicht, welcher Wärter der Lügner ist beziehungsweise, welcher Wärter die Wahrheit sagt. Um herauszufinden, welcher Ausgang in die Freiheit führt, darfst du einem Wächter eine Frage stellen, die er mit ›Ja‹ oder ›Nein‹ beantworten kann. Wie lautet deine Frage?«

Lösung auf Seite 179

BEISSER

35 VERSTECKTES BILD 2

Was tut Rick Grimes hier?

Spaltenzahlen (von links nach rechts): 1 | 1 | 1 | 2 | 3 | 2 | 1 | 2 | 2 | 3 | 3 | 3 | 3 | 4 1 | 17 | 22 | 23 | 23 | 4 17 | 16 | 7 2 2 | 6 | 6 | –

Zeilenzahlen (von oben nach unten): – | 2 | 4 | 4 | 4 | 5 4 | 3 3 | 8 6 | 13 | 12 | 9 | 7 | 7 | 8 | 8 | 8 | 6 1 | 6 1 | 6 2 | 7 1 | 7 1 | 6 1 | 7 1 | 8 1

Um das Bild sichtbar zu machen, musst du bestimmte Felder des Rasters einfärben. Die Zahlen über den Spalten und neben den Zeilen geben an, wie viele eingefärbte Blöcke es jeweils gibt und wie viele Felder die jeweiligen Blöcke haben sollen, wobei sich zwischen jedem Block mindestens ein leeres Feld befinden muss.

 Lösung auf Seite 180

36 TODESURTEIL

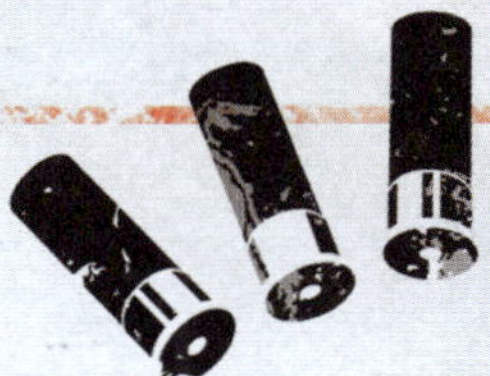

»Woodbury ist die Hölle.«

Der Governor betrachtete Milton mit seinem gesunden Auge.

»Ich glaube nicht, dass das nur auf Woodbury zutrifft, oder?«

Milton hatte ihn zur Schlichtung eines Streits dazugeholt: Mitten auf der Hauptstraße lag ein Mann – erstochen. Der Governor fragte, was passiert sei.

»Es war Paul«, sagte Shumpert.

Pauls Augen weiteten sich. **»Er lügt!«**

»Shumpert war's«, sagte Crowley.

»Ich war's nicht«, sagte Josh.

Milton schaute erst zu den Männern und dann zum Governor.

»Ich weiß nicht, warum, aber ich bin mir sicher, dass drei von euch lügen.«

Der Governor nickte. Er zog seine Waffe aus dem Halfter und erschoss den Schuldigen. **»Wir töten nicht in Woodbury«**, sagte er.

F **Wen hat der Governor erschossen?**

Lösung auf Seite 181

37 DIE GROSSE FRAGE

Beinahe jeden Tag dachte Carol an Schokolade. Es war unmöglich, so weit gekommen zu sein, ohne Menschen verloren zu haben – und Carol hatte tatsächlich fast jeden verloren, den sie jemals gekannt hatte –, aber es war das Fehlen der kleinen Dinge, das sie ständig daran erinnerte, dass ihr Leben komplett in Trümmern lag.

Angesichts dessen, dass Carols Mann tot war, war nicht alles schlecht, aber trotzdem: Sie vermisste Schokolade, als wäre die Süßigkeit eine Person. Seltsamerweise hatte sie sie vor dem Ausbruch nur selten gekauft, aus Angst, sich selbst etwas Gutes zu tun. Ed hatte gesagt, Schokolade sei besser als nichts, weil er aber lieber Salzstangen mochte, kaufte sie Salzstangen.

Zur großen Überraschung beider ging es bei einem heftigen Streit mit Lori um Schokolade. Carol behauptete, dass Schokolade besser sei als ewiges Glück, und Lori, die Schokolade ebenfalls in jeder Form liebte, behauptete, dass sie nicht so weit gehen würde. Nichts sei besser als ewiges Glück, sagte sie, und die beiden stritten sich einige Zeit, bevor sie zu der einzig logischen Schlussfolgerung kamen.

F **Was ist besser: Schokolade oder ewiges Glück?**

Lösung auf Seite 181

38 ZUG VERPASST

»DUANE IST EIN UNTOTER« hatte jemand in dicken blutroten Buchstaben auf die Wand gesprüht. Morgans Haus war zu einem Arsenal voller Waffen und Graffiti geworden, und die Auswirkungen seiner verstörten Psyche waren nicht zu übersehen. Als Morgan bewusstlos auf dem Bett lag, dachte Rick über den Verstand seines Freundes nach – den Mann, der sein Leben gerettet hatte, sich um ihn gekümmert und ihn auf den rechten Weg gebracht hatte. Wie konnte es nur so weit gekommen sein – und gab es einen Weg zurück?

Rick konnte kaum lesen, was auf die Wände gesprüht war, geschweige denn ihre Bedeutung verstehen. Das Einzige, was er herausfinden konnte, war – zumindest, was die Antwort angeht – eine seltsame Frage, die über einer Karte stand und bei der es um Entfernungen zu gehen schien:

»Ein Zug fährt von King County nach Atlanta und eine halbe Stunde später fährt ein Zug mit der gleichen Geschwindigkeit von Atlanta nach King County. Welcher Zug ist näher an Atlanta, wenn sie sich treffen?«

Lösung auf Seite 181

39 SAFEKNACKEN 2

Die Safes der Firma Rickard waren etwas für Kenner. Allerdings wäre es den Entwicklern der Tresore äußerst peinlich gewesen, wenn jemand herausbekommen hätte, dass die Codes leicht durch das Lösen eines Rätsels geknackt werden konnten. Wenn du es schaffst, den Safe zu öffnen, findest du darin mindestens eine Handfeuerwaffe, Geld sowie etwas Anmachholz für ein kleines Feuer.

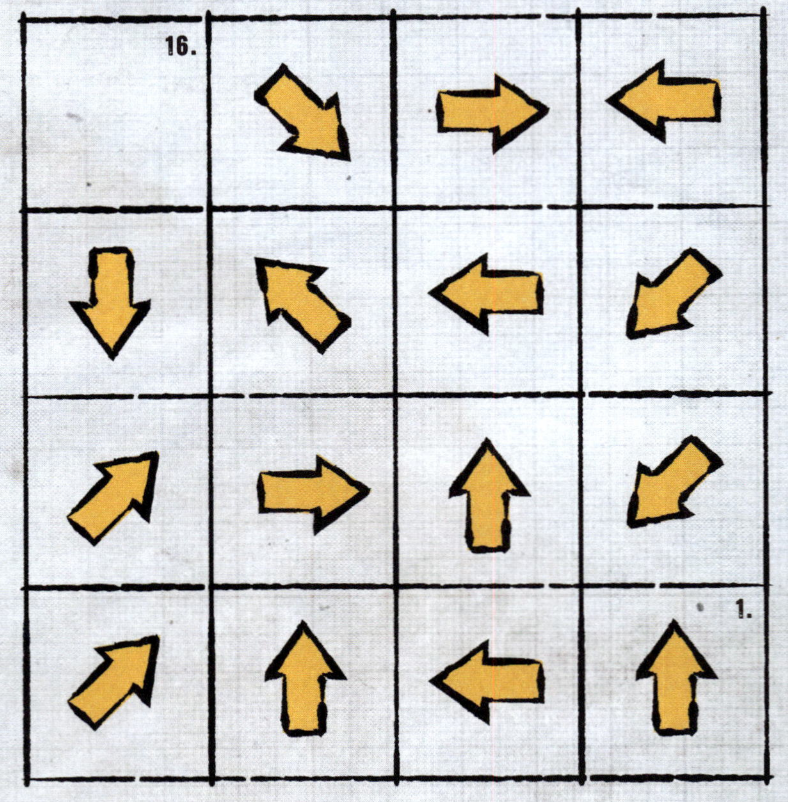

Um den Safe zu knacken, bewegst du dich von rechts unten nach links oben und besuchst jedes Feld genau einmal. Die Pfeile in jedem Feld zeigen, in welche Richtung du dich bewegen musst.

Lösung auf Seite 182

40 DAS UNTOTEN-QUIZ

STAFFEL 3 EINFACH

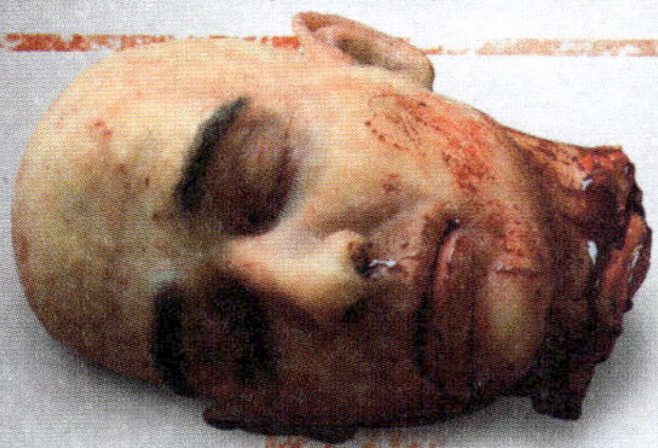

1. WER IST DER ERSTE CHARAKTER DER SERIE, DER VON EINEM STREUNER GEBISSEN WIRD UND ÜBERLEBT?

2. WARUM BITTET CAROL GLENN, IHR ZU HELFEN, EINEN STREUNER ZU FANGEN?

3. WAS BEWAHRT DER GOVERNOR IN SEINEM PRIVATEN RAUM AUF?

4. WARUM BESUCHT CARL DAS KING COUNTY CAFE?

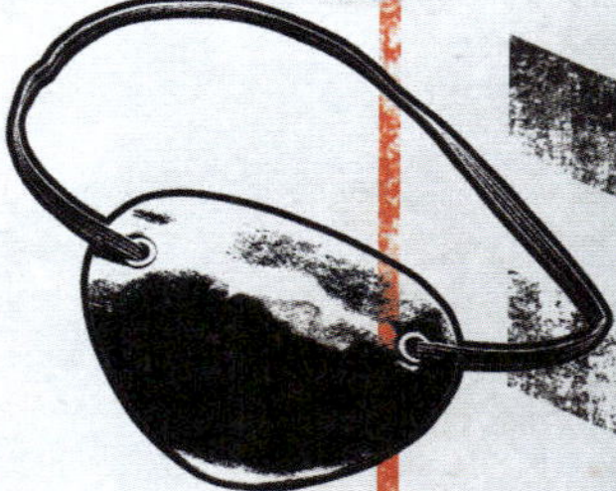

5. WIE LAUTET DER WAHRE NAME DES GOVERNORS?

6. ALS DIE GRUPPE MAGGIE UND GLENN AUS WOODBURY RETTET, WEN SIEHT DER HALLUZINIERENDE RICK?

7. WARUM BRAUCHT DER GOVERNOR EINE AUGENKLAPPE?

8. WAS IST DARYLS SPITZNAME FÜR JUDITH GRIMES?

9. WELCHE UNTERHALTUNG BIETET DER GOVERNOR FÜR DIE EINWOHNER VON WOODBURY?

10. WER VERBRENNT DIE STREUNER IN DER GRUBE?

Lösungen auf Seite 183

41 DAS UNTOTEN-QUIZ

STAFFEL 3 SCHWIERIG

1. WELCHEN BERUF HATTE ANDREA VOR DEM AUSBRUCH?

2. MERLE DIXON KEHRT IN STAFFEL 3 NACH DER AMPUTATION ZURÜCK, UM VOM DACH DES KAUFHAUSES ZU ENTKOMMEN. WELCHES KÖRPERTEIL FEHLT IHM?

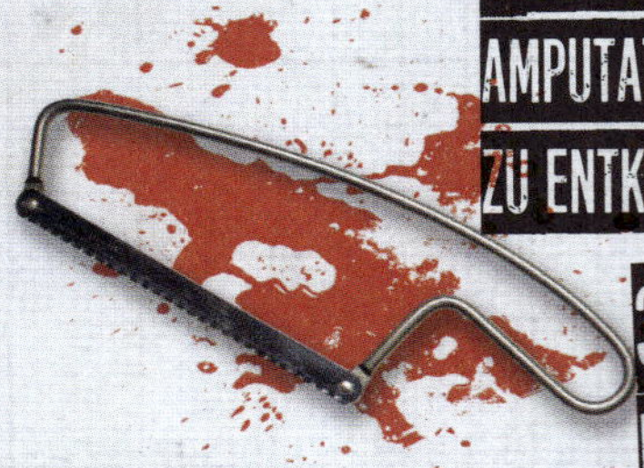

3. WELCHES TRINKLIED SINGEN MAGGIE UND BETH AUF BITTEN VON HERSHEL AM LAGERFEUER?

4. WIE LANGE WAREN DIE FÜNF GEFANGENEN IN DER CAFETERIA EINGESPERRT?

5. WIE STARB DIE FRAU DES GOVERNORS?

6. WIE BEZEICHNEN DIE BEWOHNER VON WOODBURY DIE UNTOTEN?

7. WIE HEISST DER 14-JÄHRIGE ASTHMATIKER, DEN DER GOVERNOR IN SEINER ARMEE EINSETZT?

8. WELCHEN TEIL DES GEFÄNGNISSES NUTZT DIE GRUPPE ALS BASIS?

9. WELCHEN SONG SPIELT MILTON FÜR MR. COLEMAN, ALS ER DIE ERINNERUNG VON STREUNERN ERFORSCHT?

10. WIE BEKOMMT GLENN EINEN VERLOBUNGSRING FÜR MAGGIE?

Lösungen auf Seite 183

42 DIE FESTIVITÄTEN

TEIL 1

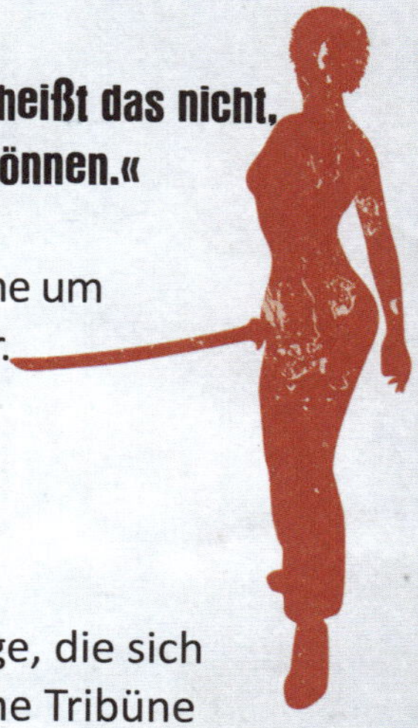

»Nur weil die Welt untergeht, heißt das nicht, dass wir keinen Spaß haben können.«

Merle drehte sich zu Michonne um und schmollte, was als Lächeln zu deuten war.

»Gib's zurück. Lass mich gehen.«
»Schau dir das zuerst an. Komm schon!«

Sie gesellten sich zu einer Menschenmenge, die sich auf einer Konstruktion, die früher mal eine Tribüne gewesen sein musste, versammelt hatte. Während die Zuschauer Steine schmissen und Obszönitäten riefen, schlurfte eine Streunerfamilie auf einem provisorischen Parcours herum, mit Zahlen auf dem Rücken. Mit einem betäubenden, ekstatischen Jubel hackte Martinez mit Michonnes Katana dem führenden Streuner ein Bein ab.

Es war eine kalte Welt, und Michonne hatte längst mehr als einen gerechten Anteil erduldet, aber das hier war etwas anderes. Das einzige Wort, das ihr dazu einfiel, war: ungeheuerlich.

»Finde es heraus, Schatz, und du kannst dein Spielzeug haben.« Merle lächelte, ohne eine Miene zu verziehen. **»Wenn dieser Beisser den Zweitplatzierten überholt, an welcher Position wird er stehen?«**

Lösung auf Seite 184

BEISSER

43 DIE FESTIVITÄTEN

TEIL 2

Merle zuckte bei ihrer richtigen Antwort nur mit den Schultern, und Michonne begriff, dass es sich bei ihm um einen Mann handelte, der unfair spielte.

»Wie auch immer. Wenn du kein Sportfan bist, haben wir auch andere Kämpfe. Aber ich gewinne immer.«

»Ist das so?«, fragte sie. Merle zog seine Lippen nach oben. Er rief nach Milton, der sich in der gleichen Reihe an einer Menge von verärgerten Besuchern vorbeidrückte.
»Stell unserem Schatz eine Frage zu ›Little‹ und ›Large‹ dort drüben.«
Merle deutete auf den Parcours.
»Etwas wirklich Schwieriges!«
Mit der Schnelligkeit eines Mannes, der sich wünscht, nicht in diesen Streit hineingezogen worden zu sein, fragte Milton:

»Little und Large treten in einem 100-Meter-Rennen gegeneinander an. Als Little die Ziellinie passiert, hat Large nur 90 Meter geschafft. Um es fairer zu gestalten, befindet sich beim nächsten Rennen Little 10 Meter hinter der Startlinie. Wenn beide mit der gleichen Geschwindigkeit wie beim ersten Durchgang laufen, wer wird jetzt gewinnen?«

Lösung auf Seite 184

44 DIE FESTIVITÄTEN

TEIL 3

Merle ballte seine verbliebene Faust und wünschte sich, er hätte sein Klappmesser mitgebracht. **»Noch ein Rätsel, Miltie! Diesmal aber etwas wirklich Schwieriges.«**

»Bei allem Respekt ... Hast du die Lösung eben gewusst?«

»Natürlich hat er es gewusst!«, warf Michonne ein. **»Ich wette, er könnte auch das nächste Rätsel lösen, und wenn er es nicht kann, darf ich gehen und der Idiot da unten wird damit aufhören, mein Schwert zu ruinieren.«**

Milton wusste, dass es besser war, nicht zu lächeln. Auf dem Parcours waren nur noch zwei Streuner übrig, obwohl dies keine passende Beschreibung war, da einem die untere Körperhälfte vollständig fehlte.

»Wenn du davon ausgehst, dass der Typ da unten niemandem mehr weitere Gliedmaßen abnimmt, kann Large eine Runde in sechs Minuten schaffen, während Little nur vier braucht. Wenn beide von demselben Punkt aus starten, wie viele Minuten braucht Little, um Large zu überrunden?«

Was hätte Merle anstelle der beeindruckend falschen Antwort, die er geben würde, sagen sollen, um Michonne zum Bleiben zu veranlassen?

Lösung auf Seite 184

45 ALARMIERT

Lärm bedeutete Tod. Wenn ein Streuner dich hört, könnte er dich finden. Daher war die Gruppe durch die plötzliche Aktivierung des Alarmsystems einer katastrophalen Gefahr ausgesetzt. Rick plante deshalb, in die Gräber einzudringen, um das Notstromaggregat zu deaktivieren, selbst wenn es einen Kampf mit demjenigen geben sollte, der es eingeschaltet hatte.

F **Welcher Weg führt zum Generator?**

 Lösung auf Seite 185

46 LANGSAMER WEG

Unter den gegenwärtigen Umständen hatte der Begriff »ein schlechter Tag« zwar größtenteils an Bedeutung verloren, aber heute hatte Daryl definitiv einen ganz schlechten Tag erwischt.
Vom Wachtturm aus beobachtete Carol, wie er sich den Toren des Gefängnisses näherte. Er hatte seine Armbrust gegen ein Humpeln und schlechte Laune getauscht.

»Teufel nochmal! Was ist mit dir passiert? Du warst acht Stunden weg. Wo ist dein Motorrad?«

»Ich hatte endlich eine Apotheke gefunden, als ich angegriffen wurde.«

»Kann passieren. Wir folgen der Spur und erledigen das. Wie weit war der Ort entfernt?«

Wegen der gesperrten Straßen und des Beseitigens von Streunern konnte Daryl nur neun Meilen pro Stunde fahren. Nachdem er sein Motorrad verloren hatte, vermutete er, dass er zu Fuß langsamer gewesen war und nur drei Meilen pro Stunde schaffte. Vielleicht war es der Schlag auf den Kopf, aber Daryl war ratlos. Carol fand jedoch schnell die Antwort auf ihre eigene Frage.

F **Wie weit sind das Gefängnis und die Apotheke voneinander entfernt?**

Lösung auf Seite 186

47 NEUE FREUNDE

Woodbury zu schützen, bedeutete für den Governor, alle zu beseitigen, von denen er glaubte, dass sie eine Bedrohung darstellen könnten. Es stellte sich heraus, dass das auf fast jeden zutraf, dem er begegnete.

Ein Beispiel: An einem schwülen Sommertag wurde Woodbury von drei Reservisten besucht, die während des Ausbruchs an einer Übung teilgenommen hatten. Die Männer waren die einzigen Überlebenden ihrer Einheit. Abgesehen von Unterernährung waren sie gesund und bemühten sich, ihren Beitrag zu leisten.

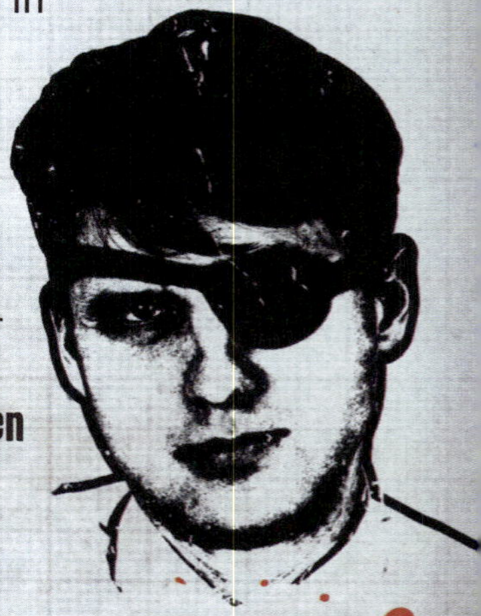

Der Governor begrüßte sie freundlich und lud die Soldaten in seinen Garten auf einen Krug kalte Limonade ein. Als die Männer noch an ihren Getränken nippten, hörte der Governor auf zu trinken und bemerkte, wie gut ein eisgekühlter Drink an einem heißen Sommertag täte. Er hörte sich ihre Geschichte aufmerksam an und sagte ihnen, dass sie gern in die Stadt kommen könnten, sobald sie ihre Habseligkeiten aus ihrem Lager geholt hätten. Seltsamerweise kehrten die Männer nie nach Woodbury zurück. **»Sie müssen einem Beisser zum Opfer gefallen sein«**, sagte der Governor später.

F **Was war den Männern tatsächlich zugestoßen?**

Lösung auf Seite 186

48 TÖDLICHES ZIEL 2

Das Gefängnis war angegriffen worden. Vom Wachtturm aus beobachtete Glenn, wie Streuner den Hof umzingelten. Die einzige Hoffnung seiner Freunde war, dass er ein guter Schütze war.

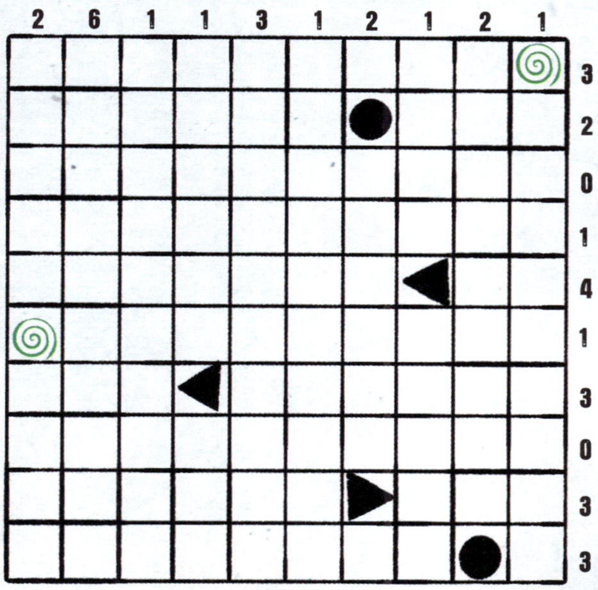

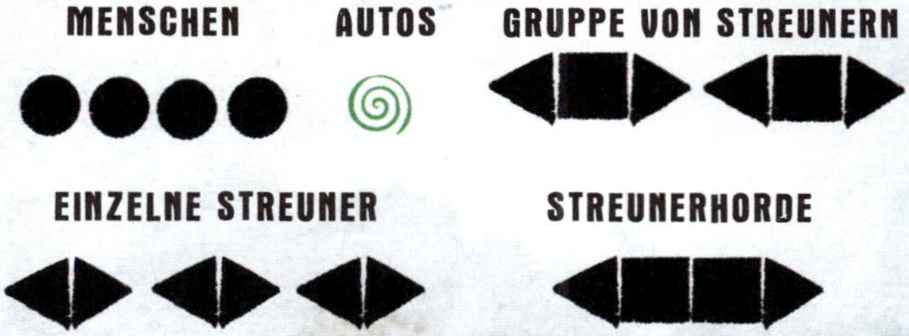

Identifiziere die genauen Positionen der in diesem Raster versteckten Streuner und Menschen. Alle sind horizontal oder vertikal positioniert, und niemand grenzt unmittelbar an andere Personen, auch nicht diagonal. Die Zahlen über den Spalten beziehungsweise neben den Zeilen geben die Anzahl der Gesamtsegmente in den entsprechenden Zeilen und Spalten an.

Lösung auf Seite 187

49 KOPFKISSENPROBLEME

TEIL 1

Maggie und Glenn waren seit fast einem Jahr zusammen und immer noch hatte sie nicht den Mut, ihm zu sagen, dass sie Rätsel eigentlich hasste. Als sie sich für den süßen koreanischen Ex-Pizzaboten entschied, hatte sie nicht erwartet, für den Rest ihres Lebens einmal in der Woche ein Rätsel als Geschenk zu erhalten. Zweifellos war die Mühe, die er sich bei der Suche nach neuen Rätseln machte, rührend, aber es wäre schön gewesen, etwas weniger Zeit damit verbringen zu müssen.

Sie wurde an all das erinnert, als sie von einer langen Nachtschicht im Wachtturm zurückkehrte und einen Zettel auf ihrem Kopfkissen fand. Zu diesem Zeitpunkt war sie so müde, dass sie mehrere Wochen am Stück hätte schlafen können. Doch Maggie wusste, dass sie sich erst dann ausruhen konnte, wenn sie das Rätsel gelöst hatte. Auf dem Zettel stand:

»Ich habe zwei Flügel
und kann doch nicht fliegen.
Ich habe einen Rücken
und kann doch nicht liegen.
Ich habe ein Bein
und kann doch nicht stehen.
Ich trage eine Brille
und kann doch nicht sehen.

Was bin ich?«

Lösung auf Seite 188

50 KOPFKISSENPROBLEME

TEIL 2

Ihr erster Jahrestag rückte näher – oder zumindest ging Glenn davon aus, dass er näher rückte … Er hatte irgendwie sein Zeitgefühl verloren – und er wollte etwas Besonderes für Maggie tun. Er plante, sie zu bitten, ihn zu heiraten, aber er hatte das Gefühl, dass ein wirklich gutes Rätsel das Sahnehäubchen sein würde. Oder vielleicht könnte er einen Weg finden, einen Kuchen zu backen? Nein, die Idee war lächerlich. Sie würde sicherlich ein Rätsel bevorzugen.

Glenn verwarf eine Reihe von Rätseln. Er suchte nach einem, das schwerer zu lösen war als alles, was er ihr je zuvor aufgegeben hatte. Er entschied, dass Quantität besser als Qualität war, und hinterließ drei Rätsel auf ihrem Kopfkissen:

»Was tritt man mit Füßen, ohne dass es schmerzt?«

»Welches Gewicht will keiner verlieren?«

»Was kommt immer, kommt aber nie an?«

Lösung auf Seite 188

BEISSER

HAUT
STAFFEL 4
FRESSER

51 FRIEDHOFSRUHE

Als die Welt sich aufzulösen begann, verschwand mit ihr zuallererst – der Schlaf. Wie kann jemand gut schlafen, wenn schon ein schnelles Nickerchen zum Tod führen kann? Selbst wenn ein Gefährte Wache hält, gibt es keine Garantie, dass er nicht plötzlich von Streunern überwältigt werden oder in der Langeweile der Nacht einnicken könnte. Das war das Risiko nicht wert.

Im Gefängnis zu leben, bedeutete dagegen die reinste Idylle: all diese Zäune, Tore, Wände. Diese Sicherheit erforderte ständige Wachsamkeit, aber das war ein geringer Preis. Der Gefängnisrat stimmte darin überein, dass die vier diensthabenden Wachen jeweils sechs Schichten pro Tag von jeweils sechs Stunden mit einer Pause erledigen sollten. Diese Schichten würden genau zur vollen Stunde beginnen, sodass immer zwei Leute im Dienst waren – einer im Turm und einer, der Streuner am Zaun tötete, somit fand ein Schichtwechsel nie zur gleichen Zeit statt.

Aufgrund der wichtigen und alles entscheidenden Aufgabe war der Rat so konziliant wie möglich. Sasha – ein Frühaufsteher – wollte um 9 Uhr loslegen. Maggie hielt von dieser Idee gar nichts und fragte, ob sie um Mitternacht anfangen und um 16 Uhr Schichtende haben könnte. Carol musste die Möglichkeit haben, den Kindern zwischen 10 und 16 Uhr »Bücher vorzulesen«, und Glenn erklärte sich bereit, sie nach seiner zweiten Schicht zu entlasten.

F **Wann wurde das Gefängnis von wem bewacht?**

Lösung auf Seite 188

52 RÜCKBLICKEND BEUNRUHIGEND

Carl hatte so viel Zeit mit Erwachsenen verbracht, dass er Schwierigkeiten hatte, sich an Kinder seines Alters zu gewöhnen. Die meisten Tage fühlte er sich kaum wie ein Kind. Im Gefängnis stellte er fest, dass er nicht mehr am Spielen interessiert war. Er wollte dort sein, wo etwas passierte, und die Dinge erledigen, die getan werden mussten.

Nur um seines Vaters willen hatte sich Carl mehr Mühe gegeben, etwas mit Kindern in seinem Alter zu unternehmen. Es war nicht alles schlecht. Patrick schien ganz nett zu sein. Immerhin. Nicht sicher war er, was er von Lizzie halten sollte. Irgendetwas war los mit ihr. Als sie sich das erste Mal trafen, hatte er sie aus Interesse gefragt, wie alt sie sei, und ihre Antwort war verwirrend gewesen. Sie hatte gesagt: **»In vier Jahren werde ich doppelt so alt sein wie vor drei Jahren, und ein Jahr danach bin ich dreimal so alt wie vor fünf Jahren.«** Carl erfuhr später, dass sie gelogen hatte und dass sie in Wirklichkeit zwei Jahre älter war, als sie behauptet hatte.

F **Wie alt behauptet Lizzie zu sein?**

Lösung auf Seite 188

53 FINDE DIE UNTERSCHIEDE 2

Es gibt zehn Unterschiede zwischen dem Bild auf der linken und dem auf der rechten Seite. Kannst du sie finden?

Lösung auf Seite 189

54 DREI FRAGEN

TEIL 1

»Wie viele Streuner hast du getötet?«

Die Leute würden fast alles behaupten, um im Gefängnis Zuflucht zu finden. Der gemeinste Gauner konnte plötzlich ein Heiliger sein, und wenn man ihn beim Wort nehmen würde, wer weiß, was für Ärger sich daraus ergäbe. Der Gefängnisrat entschied, dass der vernünftigste Ansatz darin bestand, allen potenziellen Gästen dieselben drei Fragen zu stellen. Die Methode war nicht narrensicher, gab aber gute Hinweise darauf, welche Fähigkeiten jemand hatte, was er durchgemacht hatte und was er bereit war zu tun, um zu überleben.

Unterwegs auf der Suche nach Autoteilen fand Rick zwei Frauen, die sich in einem Reifenlager versteckten. Auf Ricks erste Frage antworteten beide Frauen, sie hätten mehrere Dutzend Streuner getötet, und dann sagte die erste Frau: **»Du glaubst uns nicht? Entweder bin ich eine Lügnerin oder sie hat die Wahrheit gesagt.«**

F **Zu welchem Schluss kommt Rick?**

55 DREI FRAGEN

TEIL 2

»Wie viele Menschen hast du getötet?«

Daryl begegnete drei Männern, die hektisch mit den Armen winkten. Er brachte sein Motorrad zum Stehen und begann, nachdem er ihnen etwas Wasser gegeben hatte, die Fragen zu stellen.

Als er zur zweiten Frage kam, sagten alle drei Männer, dass sie überhaupt noch nie Menschen getötet hätten, doch dann geschah etwas Sonderbares. Der erste Mann platzte heraus: **»Lügner! Wir sind alle Lügner!«** und der zweite fügte hinzu: **»Nur einer von uns sagt die Wahrheit.«**

F **Welchen Mann hat Daryl gerettet?**

Lösung auf Seite 190

56 DREI FRAGEN

TEIL 3

»Warum?«

Michonne traf auf die suspekteste Gruppe von allen, was ein schlechtes Vorzeichen war, da sie nicht die geringste Geduld für Spielchen hatte. Sie traf auf drei Personen: Amanda, Lauren und Edwin – Michonne war die Einzige, die sich die Mühe machte, tatsächlich nach ihren Namen zu fragen –, die ziemlich verzweifelt ein Tierfuttergeschäft plünderten. Alle behaupteten, Menschen nur zur Selbstverteidigung getötet zu haben. Amanda behauptete, Lauren sei eine Lügnerin, während Lauren sagte, dass Amanda und Edwin entweder beide Lügner seien oder beide die Wahrheit sagen würden.

F **War es Edwin wert, im Gefängnis in Sicherheit gebracht zu werden?**

HAUTFRESSER

Lösung auf Seite 191

57 VERSTECKTES BILD 3

Welche brutale Waffe ist hier versteckt?

Spaltenvorgaben (von links nach rechts):

1	2	3	4	5	6	7	8	9	10	11	12	13	14	15	16	17	18	19	20
2	4	4	4	3	3	3	3	3	3	4	5	5	5	6	2 2	2 1	2	1	

Zeilenvorgaben (von oben nach unten):

Zeile	Vorgabe
1	
2	1
3	3
4	4
5	7
6	9
7	3 2 1
8	3 3
9	3 2
10	3
11	3
12	3
13	3
14	3
15	3
16	4
17	3
18	1
19	
20	

Um das Bild sichtbar zu machen, musst du bestimmte Felder des Rasters einfärben. Die Zahlen über den Spalten und neben den Zeilen geben an, wie viele eingefärbte Blöcke es jeweils gibt und wie viele Felder die jeweiligen Blöcke haben sollen, wobei sich zwischen jedem Block mindestens ein leeres Feld befinden muss.

58 SEIN BESTES SELBST

Zum ersten Mal in seinem Leben wurde Daryl respektiert. Es schien, als würde er jedes Mal eine neue Gruppe von Fremden finden, die er im Gefängnis in Sicherheit bringen konnte, und man überschüttete ihn mit Anerkennung. Das bereitete ihm Unbehagen, aber es gab schlimmere Gefühle auf der Welt. Mehr als die Dankbarkeit selbst gefiel ihm die Vorstellung, eine Person zu sein, die solch starke Gefühle verdient hatte. Natürlich würde er das niemals zugeben.

Doch Daryl war nicht der Einzige, der Überlebende gerettet hatte. Michonne hatte mehr Menschen als Rick gerettet, während Bob und Daryl jeder für sich so viele Menschen wie Rick und Michonne gerettet hatten, Bob und Michonne aber nicht so viele wie Daryl und Rick.

F In welcher Reihenfolge hat wer die meisten Menschen gerettet?

Lösung auf Seite 193

59 SAFEKNACKEN 3

Das Leben war zu kurz, um die Fehler, die man gemacht hatte, zu bereuen, und es wurde immer kürzer. Auch die Entwickler von Rickard Safes and Vaults Company, USA, hatten nicht im Geringsten genügend Zeit, ihre Konstruktionsfehler zu bereuen, denn ihr Hauptquartier wurde schon am ersten Tag des Ausbruchs von Streunern überrannt. Nicht diese, sondern die vielen Plünderer entdeckten, dass die Codes zum Öffnen der Safes durch das Lösen eines Rätsels geöffnet werden konnten. Ein Fehler, der immerhin Georgias schwindende gesunde Bevölkerungsgruppe zuverlässig mit Waffen und Munition versorgte.

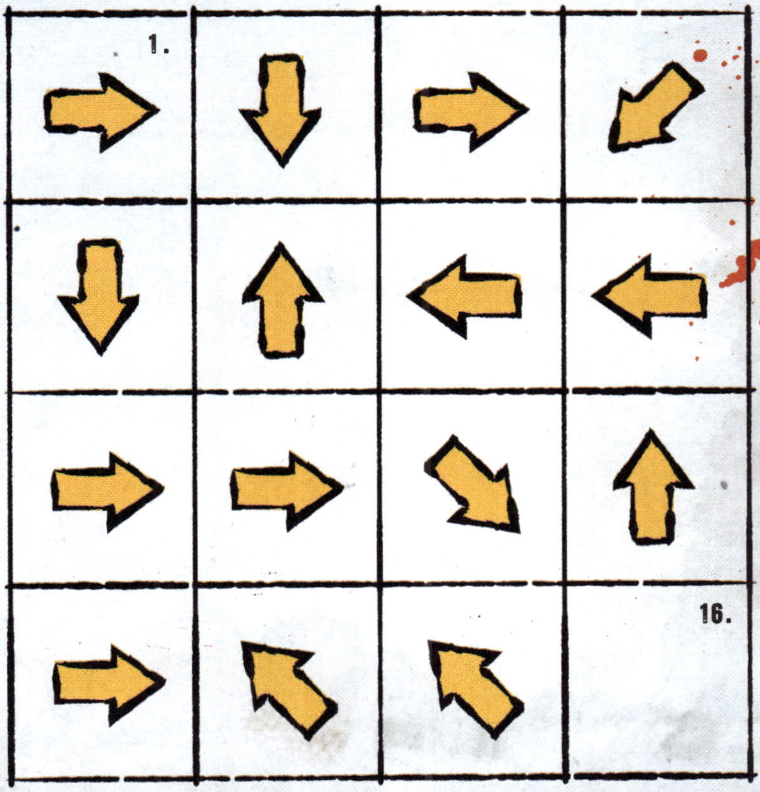

Um den Safe zu knacken, bewegst du dich von links oben nach rechts unten und besuchst jedes Feld genau einmal. Die Pfeile in jedem Feld zeigen, in welche Richtung du dich bewegen musst.

Lösung auf Seite 193

60 DAS UNTOTEN-QUIZ

STAFFEL 4 EINFACH

1. WIE VIELE TAGE GAB ES LAUT BETHS ZEICHEN OHNE EINEN ZWISCHENFALL IM GEFÄNGNIS?

2. WELCHE LEKTION ERTEILT CAROL DEN KINDERN DES GEFÄNGNISSES, ANSTATT IHNEN EIN BUCH VORZULESEN?

3. ALS WER IST DR. CALEB SUBRAMANIAN BESSER BEKANNT?

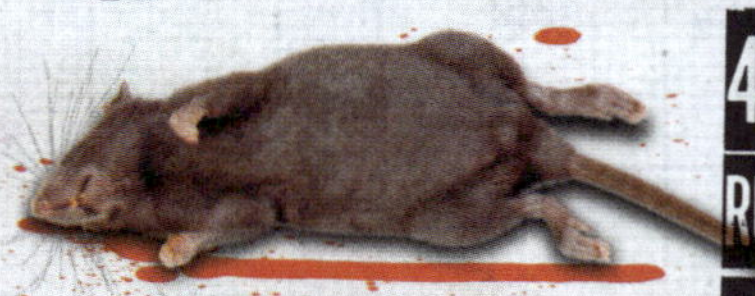

4. WELCHEN GEGENSTAND HATTE BOB IN SEINEM RUCKSACK, ALS ER IN DEM VETERINÄRCOLLEGE NACH MEDIKAMENTEN DURCHSUCHT WURDE?

5. WER FÜTTERTE AM GEFÄNGNISZAUN STREUNER MIT RATTEN?

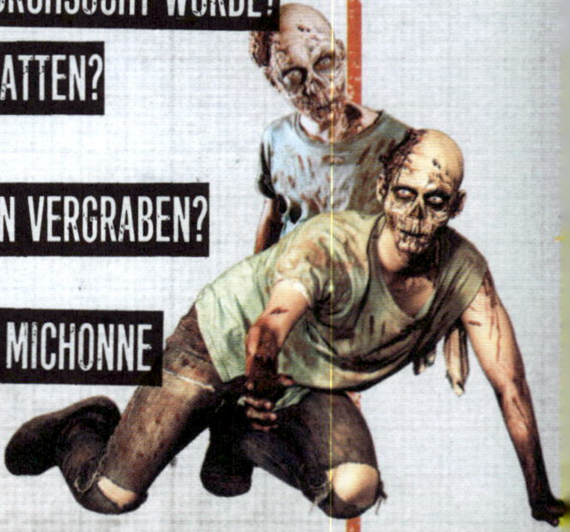

6. WAS FINDET RICK IN SEINEM GARTEN VERGRABEN?

7. WELCHE VERBINDUNG GIBT ES ZWISCHEN MICHONNE UND IHREN ZWEI STREUNER-BODYGUARDS?

8. WER SIND DIE MITGLIEDER DES GEFÄNGNISRATS?

9. EUGENE HAT NACH EIGENER AUSSAGE WO GEARBEITET?

10. WEN ENTHAUPTET DER GOVERNOR MIT MICHONNES KATANA?

Lösungen auf Seite 194

61 DAS UNTOTEN-QUIZ

STAFFEL 4 SCHWIERIG

1. WER IST DAS ERSTE OPFER DER GEFÄNGNISINFEKTION?

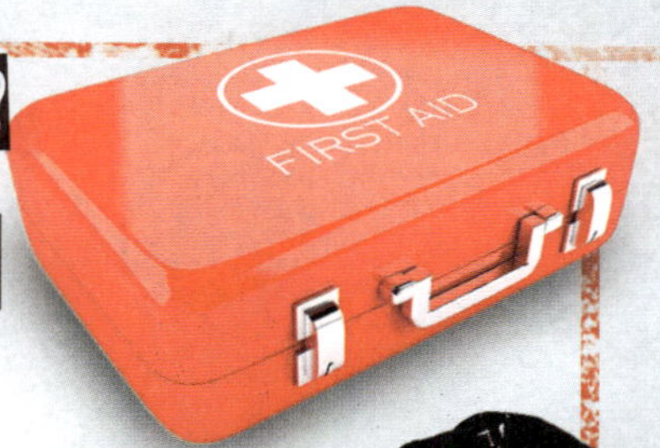

2. WAS VERLANGT LILLY VOM GOVERNOR IN EINEM NAHE GELEGENEN PFLEGEHEIM?

3. ALS SEIN VATER VERLETZT WIRD, SITZT CARL AUF DEM DACH EINES HAUSES UND ISST WAS?

4. WAS, VERMUTET ZACH, WAR DARYLS BERUF VOR DEM AUSBRUCH?

5. CAROL, TYREESE, LIZZIE UND MIKA SUCHEN ZUFLUCHT IN EINEM HAUS. WO BEFINDET SICH DAS HAUS?

6. WELCHEN NAMEN BENUTZT DER GOVERNOR BEI TARA UND LILLY?

7. ALS BETH UND DARYL EINEN COUNTRY CLUB ÜBERFALLEN, BESCHLIESST BETH, ZUM ERSTEN MAL ALKOHOL ZU TRINKEN. WELCHES GETRÄNK VERWEIGERT DARYL BETH?

8. WIE NENNT MIKA DIE PUPPE, DIE SIE GEFUNDEN HAT?

9. WEN TÖTET CAROL, UM ZU VERHINDERN, DASS SICH DIE INFEKTION IM GEFÄNGNIS AUSBREITET?

10. LEN BESCHULDIGT DARYL, IHM ETWAS WEGGENOMMEN ZU HABEN. UM WAS HANDELT ES SICH?

Lösungen auf Seite 194

62 SCHULD DES ÜBERLEBENDEN

Bob war verflucht – da war er sich ganz sicher. Früher oder später wurde jede Gruppe, der er beitrat, von Streunern überrannt. Sie würden sterben und dann würden sie wiederkommen und irgendwann würde es wieder nur ihn geben. Er konnte es in seinem tiefsten Inneren fühlen: mit ihm war etwas nicht in Ordnung. In seinem alten Leben hätte er nie eine so abwegige Idee gehabt, aber er hätte auch nicht gedacht, dass eines Tages Tote herumlaufen würden.

Das erste Mal passierte es kurz nach dem Ausbruch. Bob war von zwei Müttern und zwei Töchtern aufgenommen worden. Jede von ihnen trug genau ein Gewehr. Er kehrte vom Plündern zurück und stellte fest, dass sie sich verwandelt hatten und nun im Keller herumtollten. Nachdem er ihre Leichen begraben hatte, nahm er die drei Gewehre und ging in die Nacht hinaus. Er brauchte jetzt dringend einen Drink.

F Drei Gewehre bei vier Personen ... Wie kann das sein?

Lösung auf Seite 195

63 LANGWEIILIGES SPIEL

Da sich die Nationalgarde hartnäckig weigerte, sich zu zeigen, war die einzige Gesellschaft von Tara und Lilly ein siebenjähriges Mädchen und ein sterbender Mann. Also hatten sie viel Zeit. Beide waren begeisterte Leseratten, aber im Laufe des Jahres hatten sie jedes Buch in der Wohnung mehrmals gelesen – sogar die schlechten. Wenn es so weitergehen würde, würden sie in der Lage sein, die Bücher auswendig aufsagen zu können, womit sie zumindest die Zeit totschlagen konnten.

Ein paar Mal versuchten sie, gegeneinander Karten zu spielen, aber beide waren keine Fans von Kartenspielen. Tara schlug vor, es interessanter zu machen – fast jede zusätzliche Regel hätte diesen Effekt, glaubte sie –, indem sie um einen Cent pro Spiel für den Gewinner spielten. Als sie es satt hatten, hatte Lilly drei Spiele gewonnen, und Tara besaß drei Cent.

F Wie viele Runden spielten Tara und Lilly?

Lösung auf Seite 195

64 JACKSONVILLE, VOR LANGER ZEIT

Tyreese wusste nicht, warum, aber er hatte immer gut mit Kindern umgehen können. Er vermutete, dass sie ihn als eine Art Schwächling empfanden, was man angesichts der Tatsache, dass er ehemaliger NFL-Profi war, schon erstaunlich finden konnte.

Von Anfang an fühlte er sich instinktiv als Beschützer von Lizzie und Mika. Es war, als würde ihnen etwas Dunkles folgen, das er fühlen, aber nicht sehen konnte. Lizzie hatte zweifellos Probleme, aber auch Mika war traurig. Er hatte Mühe, Rätsel zu erfinden, weil Mika sie normalerweise löste, bevor er sein Rätsel zu Ende konstruiert hatte. Das Rätsel, worauf er am stolzesten war und für das sie ungefähr eine Minute brauchte, bis sie die Lösung hatte, war das Folgende:

»Ein Lkw-Fahrer aus Jacksonville landete eines Tages auf der Union Street – das ist allerdings schon ziemlich lange her. Der Mann ist erschöpft – so erschöpft, dass er jedes einzelne Stoppschild ignoriert. Er weicht auf den Bürgersteig aus, als ein Polizeiwagen vorbeifährt, und dann ist er auch noch in einer Einbahnstraße in der falschen Richtung unterwegs. Warum hat ihn niemand verhaftet? Erklär's mir!«

Lösung auf Seite 195

65 ENDSTATION

Nach Terminus zu spazieren, war nicht besonders kompliziert. Man mussten nur den Bahngleisen folgen, wachsam sein und jedes Mal, wenn man eines der Schilder sah, einen Funken Hoffnung spüren. Aber was sollte man tun, wenn man wegen einer Horde Streuner vom Weg abgekommen war und keine klare Vorstellung davon hatte, wie man ihn je wiederfinden konnte?

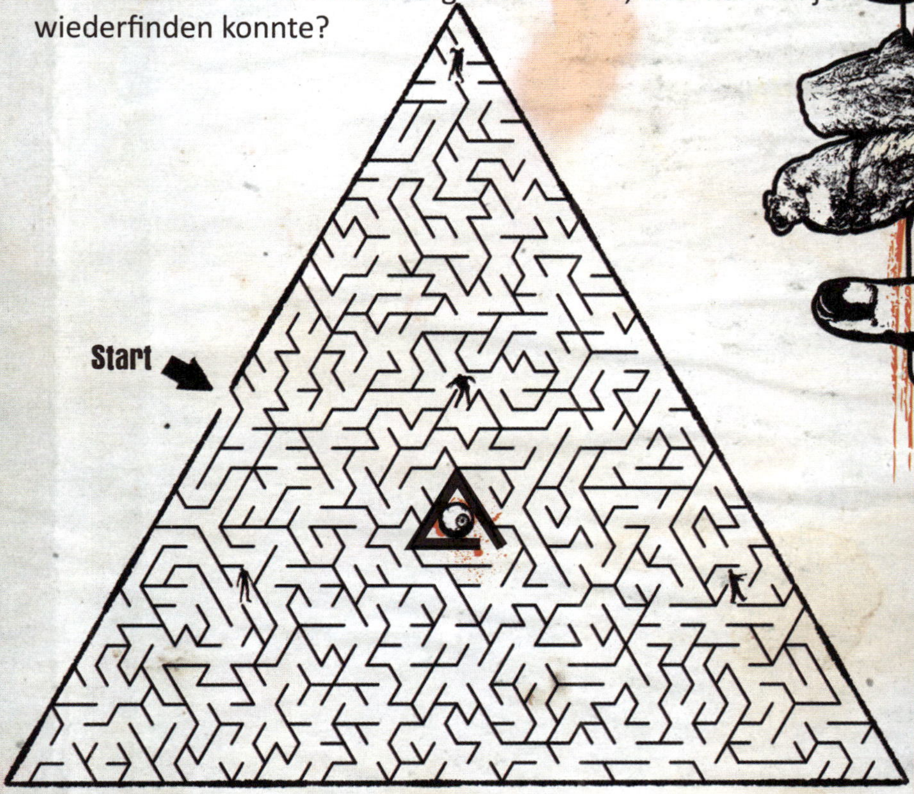

Sasha befand sich in genau dieser Situation. Der Gedanke, dass ihre Begleiter wahrscheinlich längst angekommen waren und vielleicht sogar schon ein ordentliches Essen genossen, munterte sie auch nicht gerade auf.

F **Wie kommt Sasha nach Terminus in der Mitte des Labyrinths?**

Lösung auf Seite 196

STAFFEL 5
MATSCH-
BIRNEN

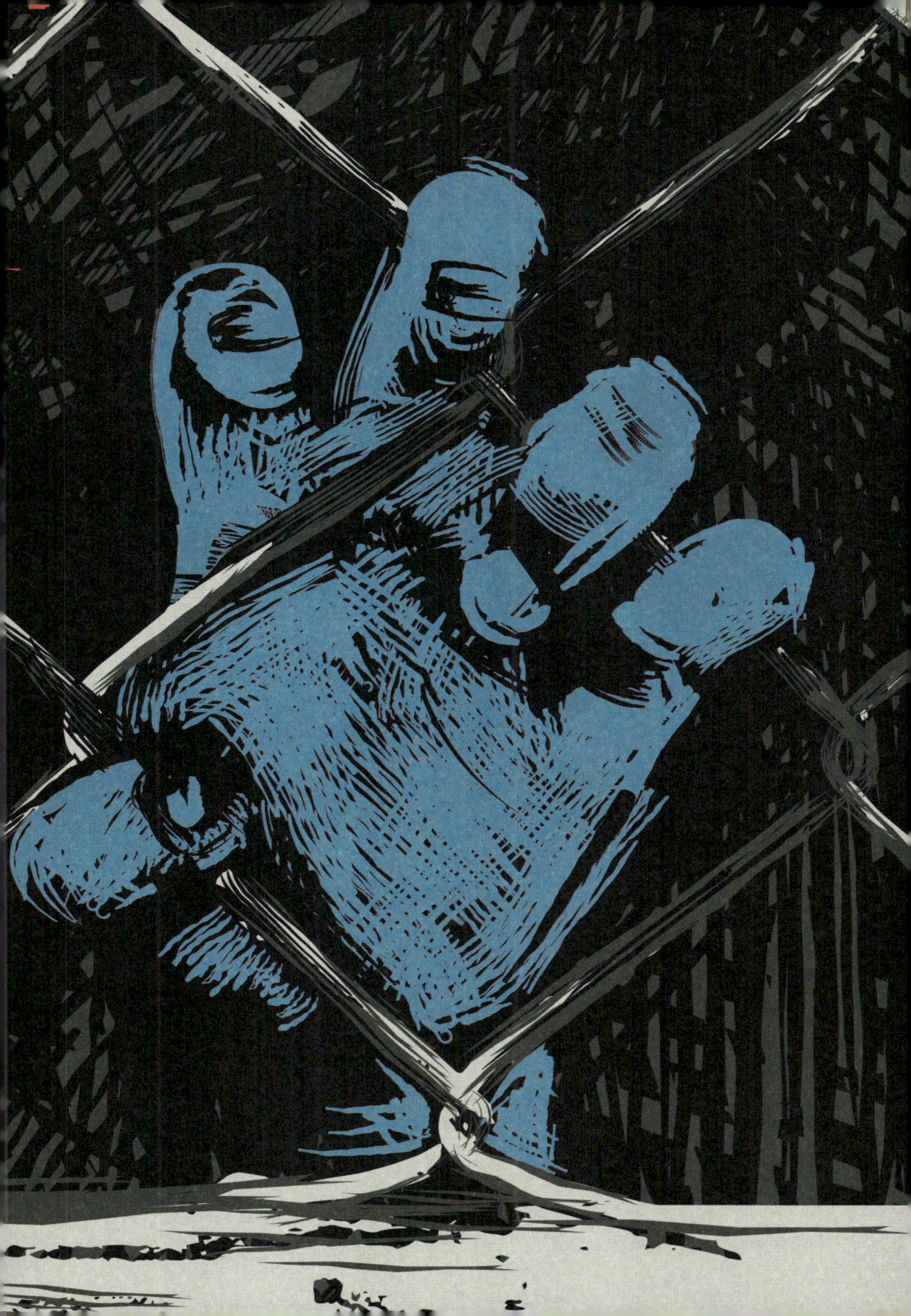

66 HÄNGEPARTIE

Eugene blickte in die Richtung seines Freundes und schüttelte den Kopf.

»Bei allem Respekt, aber du liegst völlig falsch. Diesem Mann zufolge – auch wenn seine Meinung nicht unbedingt maßgeblich ist – ist die Brücke in der Tat passierbar, man muss sich nur an bestimmte Bedingungen halten. Die ganze Konstruktion ist extrem wacklig und die Brücke kann nur zwei Personen gleichzeitig tragen. Außerdem brauchen wir zum Überqueren unsere einzige Taschenlampe, damit wir keinen Fehltritt machen und in die Schlucht fallen. Dies bedeutet im Übrigen auch, dass jede Überquerung im Tempo der langsamsten Person erfolgen muss, was ärgerlich ist, da die Matschbirnen nur 15 Minuten von unserer Position entfernt sind.

Ich schätze, dass Abraham als das fitteste Mitglied unserer Gruppe die Brücke in einer Minute überqueren kann, Rosita wird wohl zwei und Rex fünf Minuten brauchen. Ich selbst, als bekennender Feigling mit Höhenangst, werde sicherlich acht Minuten benötigen. Ich gebe zu, dass das extrem anstrengend sein wird, aber ich glaube, dass wir alle sicher hinüberkommen können, bevor wir von den Untoten überwältigt werden. Vertrau mir! Ich bin schlauer als du.«

F **Hat Eugene recht?**

 Lösung auf Seite 197

67 AUF DER FLUCHT

TEIL 1

Glenn war nicht sicher, ob er jemals so froh gewesen war, fünf Wörter zu sehen. Auf dem ersten Schild stand »GLENN, GEH NACH TERMINUS. MAGGIE« und auf dem zweiten Schild dasselbe. Zuerst wusste er nicht recht, was er davon halten sollte, bis zu dem Moment, als die Gruppe entlang der Bahngleise marschierte und er auf einem dritten Schild entdeckte, dass außer dem Namen seiner Frau auch die von Sasha und Bob unter der Nachricht standen:

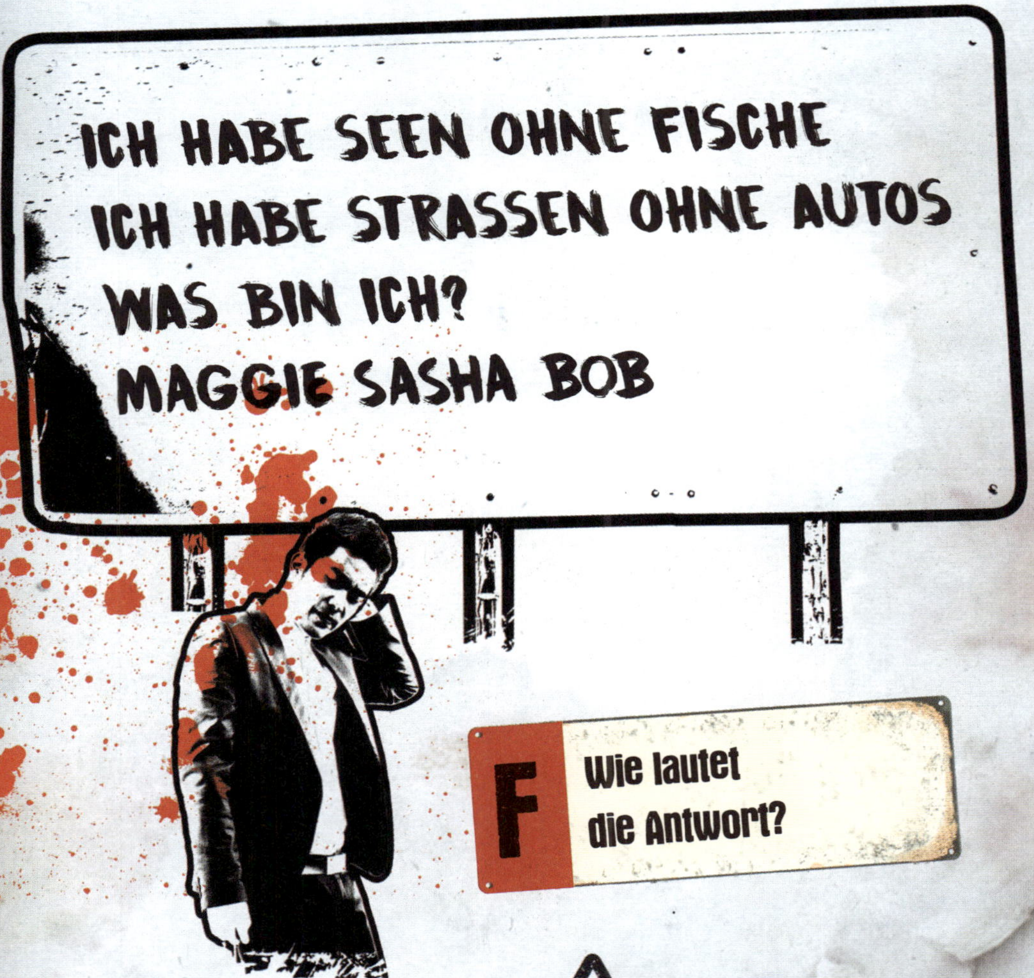

F Wie lautet die Antwort?

68 AUF DER FLUCHT

TEIL 2

Die Farbe auf den Schildern war längst trocken, und der Beißer, der ihnen gefolgt war, hatte bereits jede Menge Krähen und Kojoten aufgescheucht. Jedes Mal, wenn Glenn eines von Maggies Rätseln entdeckte, dachte er, sie würde gleich hinter der nächsten Ecke auf ihn warten. Im wahrsten Sinne des Wortes, aber auch im übertragenen Sinne waren es Hinweise, aber gleichzeitig ein Lächeln und ein Handzeichen, das nur für ihn bestimmt war. Er empfand eine seltsame Art von Stolz, aber als das folgende Schild an den Gleisen auftauchte, wurde er doch ein wenig verlegen:

F Wie lautet die Antwort?

69 AUF DER FLUCHT

TEIL 3

Es gibt nicht immer viel Raum für Überraschungen in einer Ehe, insbesondere wenn man durch apokalyptische Umstände dazu gezwungen wird, fast die gesamte Zeit zusammen zu verbringen. Trotz dieser aufgezwungenen Intimität war Glenn gleichzeitig überrascht und erfreut, dass Maggie ihren Humor offensichtlich nicht verloren hatte. Als er das nächste Rätsel entdeckte, wurde ihm klar, wie nahe sich er und Maggie standen und dass es seine Frau nicht verlernt hatte, sich ein wenig über ihn lustig zu machen. Auf einer Eisenbahnschwelle zu seinen Füßen stand:

F Wie lautet die Antwort?

Lösung auf Seite 198

70 UNTER KANNIBALEN

Es wäre schön, dachte Sasha, wenn sie eines Tages aufwachten und jemand zur Abwechslung nicht versuchen würde, sie zu fressen. Die Dinge wurden lächerlich: Jetzt waren nicht nur Streuner, sondern auch Kannibalen ihre Feinde. Wie schmackhaft war überhaupt menschliches Fleisch? Warum mochten die Leute einfach keinen Salat? Ein Sandwich zu machen, war doch wirklich kein Hexenwerk!

Diese Gedanken lenkten sie von der schwierigen Lage ab, in der sie sich befanden: Die ausgesprochen uncoolen Leute von Terminus hatten die Absicht geäußert, die gesamte Gruppe zu verspeisen, selbst wenn ihre Gründe nicht sonderlich überzeugend waren. Sasha sollte den ersten Gang abgeben und Gareth machte ihr ein perverses Angebot:

»Wenn du eine Aussage machst, die wahr ist, werden wir dich über einem Feuer braten. Und wenn du eine Aussage machst, die falsch ist, werfen wir dich in einem Kochtopf.«

F **Was sagte Sasha, um sein Leben zu verschonen?**

 Lösung auf Seite 198

71 WO IST EIN AUSWEG?

Tyreese hatte schlechtere Zeiten erlebt als diese, obwohl ihm nicht mehr einfiel, wann genau das gewesen sein sollte. Während er auf den Tod und auf die »Kannibalen-Crew« von Terminus wartete, durchsuchte er den Raum nach Fluchtmöglichkeiten. Die Ergebnisse waren nicht vielversprechend:

Die Wände waren aus Stein, das einzige Licht kam von einem Fenster, das zu hoch war, um es zu erreichen, und obwohl der Boden aus Erde bestand, würde es ewig dauern, einen Tunnel zu graben. Die von außen verschlossene Tür bestand aus einer dicken Metallplatte. Zumindest schien es, dass die Kannibalen in schlimmen Sachen praktische Erfahrung hatten, dachte er. Vielleicht wäre sein Ableben inklusive des Abendessens so schmerzlos, wie es nur eben sein konnte.

Gerade als Tyreese sich fragte, ob es schlimmer sei, von von einem Streuner oder einem Menschen gefressen zu zu werden, grinste er und wusste plötzlich genau, was er tun musste.

F **Wie versucht Tyreese zu fliehen?**

Lösung auf Seite 198

72 SAFEKNACKEN 4

Bevor sie von einer Horde Streuner angegriffen wurden, waren die Entwickler von Rickard Safes vermutlich sehr nette Leute gewesen, die nur versuchten, ihr normales Leben zu leben. Tja, die Codes ihrer Safes konnten zwar durch das Lösen eines Rätsels ganz einfach geknackt werden, aber ansonsten waren die Tresore uneinnehmbar. Niemand ist vollkommen. Glücklicherweise versorgte dieser Konstruktionsfehler unzählige Plünderer mit Waffen. Kein wirklicher Trost für die Leute von Rickard, die jetzt als Untote im Pausenraum des Unternehmens herumtollten …

1. ↓	↓	→	←
↘	→	↙	←
→	→	↖	↓
↑	←	↑	16.

Um den Safe zu knacken, bewegst du dich von links oben nach rechts unten und besuchst jedes Feld genau einmal. Die Pfeile in jedem Feld zeigen, in welche Richtung du dich bewegen musst.

Lösung auf Seite 199

73 1434 MEILEN

TEIL 1

Rosita wusste, dass es geografisch nicht möglich war, aber an manchen Tagen fühlte es sich so an, als würde Washington sich immer weiter entfernen statt näher zu kommen. Sie glaubte an ihre Mission, Eugene nach Washington zu bringen. Wie Abraham sagte, könnte dies die ganze verdammte Welt retten – aber es waren anstrengende Meilen, vor allem nach dem Tod von Stephanie, Rex, Pam und den anderen.

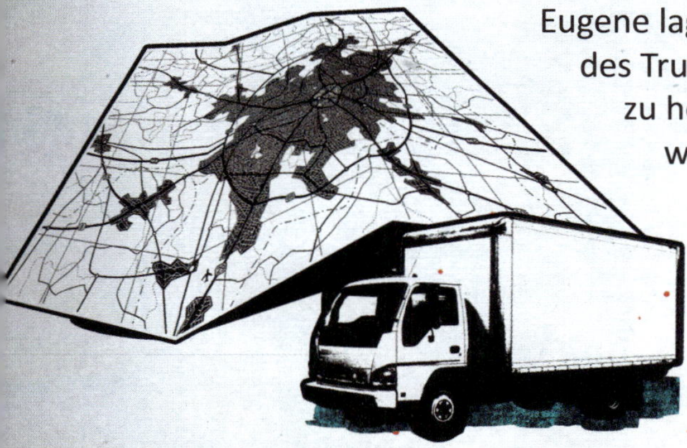

Eugene lag zusammengekauert im Führerhaus des Trucks und bemühte sich, die Stimmung zu heben, was normalerweise eher zu Verwirrung führte. Als sie die Ruinen von Houston hinter sich gelassen hatten, fragte er:

»Trotz meines eigenwilligen Verhaltens bin ich kein Einzelkind: Meine Schwester ist zwei Jahre älter als ich und mein Bruder wurde vier Jahre vor ihr geboren. Meine Mutter – möge sie in Frieden ruhen – war 28 Jahre alt, als ich geboren wurde, und das Durchschnittsalter von uns wäre 39 Jahre ...wenn alle noch leben würden. Also, wie alt bin ich?«

F **Wie lautet die Antwort?**

Lösung auf Seite 200

74 1434 MEILEN

TEIL 2

Sie versuchten, größere Städte zu meiden, aber manchmal waren die Landstraßen so mit Fahrzeugen verstopft, dass ihre einzige Hoffnung darin bestand, den Weg durch eine Stadt zu nehmen. Als sie mit offenen Fenstern durch Lake Charles fuhren, wandte sich Eugene an seine Begleiter:

»Wenn du dir diese Stadt zu einer Zeit vorstellen kannst, in der sie vor der unbeabsichtigten Vernichtung ihrer petrochemischen Raffinerien auf einer Skala der biologischen Risiken Stufe 3 erreichte, habe ich eine Frage an euch. Stellt euch ein Boot vor, das am Hafen von Lake Charles angedockt hat. Die unterste Sprosse der Bootsleiter streift das Brackwasser. Auf jede Sprosse folgt im Abstand von 20 Zoll die nächste. Die gesamte Leiter misst 125 Zoll. Wenn die Flut mit einer Geschwindigkeit von 15 Zoll pro Stunde steigt, wie lange dauert es dann, bis das Wasser die oberste Sprosse erreicht hat?«

Lösung auf Seite 200

75 1434 MEILEN

TEIL 3

Der Truck stand irgendwo zwischen Livingston und Moundville, aber angesichts der eintönigen Landschaft und der Abwesenheit von Lebenden oder Toten hätten sie sich leicht überall mitten in Alabama befinden können. Die Klimaanlage war defekt, und das Trio war nur einen blöden Kommentar von einem ausgewachsenen Streit entfernt. Für Eugene ein Anlass für ein Rätsel:

»Verdammt, ist das schwül! Wenn eines sicher ist, dann dass ich tatsächlich dazu bereit wäre, einen Duschblock zu betreten, der ausschließlich von untoten Alabamianern bevölkert ist, und ich sage das als Person, die sich sowohl angesichts von Kadavern als auch bei der Aussicht auf ein Gemeinschaftserlebnis mit Nudisten ausgesprochen unbehaglich fühlt. Trotzdem habe ich ein Rätsel für euch, bei dem es auf intellektuelle Stärke ankommt. Stellt euch ein Gebiet vor, das von Hautfressern bevölkert ist. Zwei Drittel von ihnen haben ihre Arme verloren, drei Viertel haben Löcher im Bauch, durch die man hindurchschauen kann, und vier Fünftel haben keine Füße mehr. Mindestens 26 sind von allen drei Gebrechen betroffen. Wie viele befinden sich insgesamt in dem Gebiet? Das ist natürlich eine rein hypothetische Situation, obwohl ich zugeben muss, dass mein Rätsel das Schicksal leibhaftig herausfordert.«

Lösung auf Seite 200

76 1434 MEILEN

TEIL 4

Abraham, Eugene und Rosita blieben noch ungefähr zehn Minuten, bis das Ereignis eintrat, das ihr Leben für immer verändern würde, aber in der Zwischenzeit stritten sie sich über Pasta. Während Glenn und Tara den Streunern die Stirn boten, hatte Eugene ein ausgeklügeltes Szenario in petto, bei dem es um Konservenbüchsen ging:

»Als ich eines Tages einen Fluss überqueren wollte, traf ich eine merkwürdige, schwarz gekleidete Person. Die Sache ist gar nicht so abwegig, wie ihr vielleicht meint. Ich hatte gerade eine Menge Dosen mit Ravioli in Tomatensoße geplündert, und der Typ sagte mir, dass sich die Anzahl meiner Konservendosen jedes Mal verdoppeln würde, wenn ich den Fluss durchqueren würde. Als ich mich bei ihm bedanken wollte, bat er um eine Belohnung: Es wäre nur fair, wenn ich ihm bei jeder Durchquerung acht Dosen abgebe. Als vernünftige Person akzeptierte ich und überquerte den Fluss. Am anderen Ufer angekommen, stellte ich fest, dass er nicht gelogen hatte, weil meine Dosen sich verdoppelt hatten. Ich warf dem Mann acht zu und beschloss, noch einmal hinüberzugehen. Die Anzahl der Dosen verdoppelte sich noch einmal und ich bezahlte ihn erneut. Ich musste jedoch immer noch mein ursprüngliches Ziel erreichen, auf die andere Seite des Flusses zu gelangen, und so durchquerte ich ihn ein drittes Mal. Die Dosen verdoppelten sich, aber mir wurde zu spät klar, dass ich dumm gewesen war und nur noch acht Dosen übrig hatte. Nachdem ich sie dem Typ zugeworfen hatte, blieb mir nur ein knurrender Magen und ein angekratztes Ego.«

F **Wie viele Dosen hatte Eugene, als er den Mann zum ersten Mal traf?**

Lösung auf Seite 201

77 SLABTOWN

Wieder sah Beth Beweise – wobei absolut keine mehr nötig gewesen wären –, dass sich die Welt auf den Kopf gestellt hatte. Das Gefängnis war zum Krankenhaus und das Krankenhaus zum Gefängnis geworden. Die Jüngste der Greene-Familie wusste, dass sie aus dem Grady Memorial Hospital herausfinden würde, und wenn es das Letzte wäre, was sie tat. Es war eine große Hilfe, dass Noah den Grundriss bei sich hatte. Sie mussten nur dem richtigen Weg folgen.

Q Wie können Beth und Noah aus dem Krankenhaus entkommen?

Lösung auf Seite 201

78 ROLLENSPIELE

Die anfängliche Erleichterung der jüngsten Patienten des Grady Memorial Hospitals schlug schnell in Verzweiflung um, als sie bemerkten, dass »Schulden abbauen« bedeutete, dass sie im Wesentlichen versklavt wurden. Noah, Arthur, John und Percy bekleideten verschiedene Positionen im Krankenhaus und fungierten als Portier, Reiniger, Koch und Assistent von Dr. Edwards. Die einzigen Pausen von dieser Knechtschaft hatten sie, wenn sie zusammen Karten spielen konnten. Die Männer waren verblüfft, dass eine solch unbedeutende Sache für sie so wichtig werden konnte, aber es waren die einzigen Momente in ihrem Leben, vor denen sie keine Angst hatten.

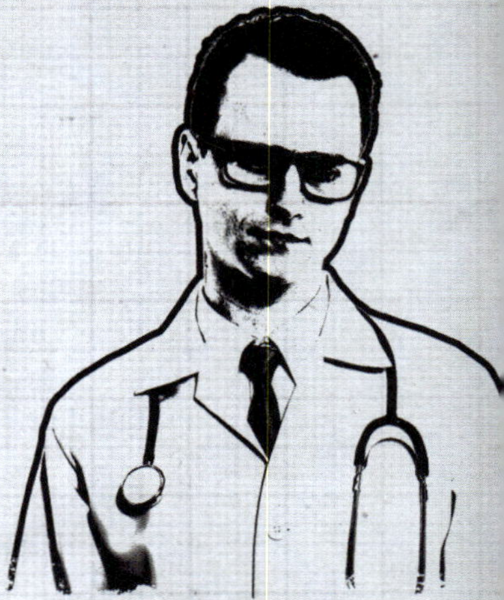

Nach einigen Wochen im Krankenhaus wurden einige Fakten klar. Sowohl der Assistent von Dr. Edwards als auch der Portier waren bessere Kartenspieler als der Reiniger. Obwohl der Portier ihn konsequent besiegte, spielte der Koch mit niemand anderem. John war schlechter als Arthur. John und Percy hatten benachbarte Zimmer und spielten abends nach den Schichten oft miteinander. Das Zimmer des Reinigers befand sich in der Nähe des Kochs, aber nicht in der Nähe der anderen.

F **Welche Rolle hatte welcher Patient?**

Lösung auf Seite 202

79 GIERIGE FINGER

Alles in allem hatte Olivia das Gefühl, dass sich ihr Leben in Alexandria nur wenig verändert hatte. Einmal hatte sie in einem Café gearbeitet, jetzt organisierte sie die Vorrats- und die Waffenkammer. Bei einer Inventarisierung gab es keinen großen Unterschied zwischen einem Gewehr und einem Muffin. Dies machte es ihr allerdings noch schwerer, Gewohnheiten zu ändern, die früher weit weniger zerstörerische Folgen gehabt hatten. Es war ein offenes Geheimnis, dass Olivia in ihrem Job, sich um Alexandrias Vorräte zu kümmern, nicht ganz uneigennützig handelte. Sie benutzte ein System, um Nahrung zu unterschlagen, wobei sie genau ein Zehntel aller angeforderten Lebensmittel einsteckte, aber die einzige Person, der Olivia damit schadete, war sie selbst.

Nachdem Olivia ihren »Anteil« eingesteckt hatte, blieb Denise genau eine Kiste Gemüse.

F **Welche Menge an Lebensmitteln hatte Denise angefordert?**

Lösung auf Seite 202

80 DAS UNTOTEN-QUIZ

STAFFEL 5 EINFACH

1. WARUM BRICHT BOB IN HYSTERISCHES LACHEN AUS, NACHDEM DIE KANNIBALEN SEINEN FUSS GEFRESSEN HABEN?

2. ALEXANDRIAS SICHERHEITSZONE WIRD VON DEANNA MONROE GELEITET. WAS TAT SIE DAVOR?

3. WER WAR VOR ABRAHAM DER VORARBEITER DER ALEXANDRIA-BAUCREW?

4. WAS STEHT AUF GABRIELS KIRCHENMAUER?

5. WEN BITTET DEANNA, POLIZISTEN IN ALEXANDRIA ZU WERDEN?

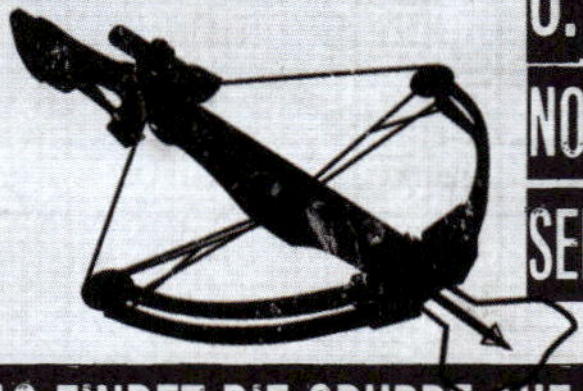

6. WELCHES OBJEKT IST NEBEN DEM SCHAUSPIELER NORMAN REEDUS AB DER 5. STAFFEL IM ABSPANN ZU SEHEN?

7. WAS FINDET DIE GRUPPE AUF DER STRASSE NEBEN DEM ZETTEL, AUF DEM *VON EINEM FREUND* STEHT?

8. WARUM BITTET CAROL SAM, ZWEI RIEGEL SCHOKOLADE VON OLIVIA ZU STEHLEN?

9. WELCHER CHARAKTER BEHAUPTET IN DER EPISODE *LEBENDE TOTE*, DASS SIE *DIE WANDELNDEN TOTEN* SEIEN?

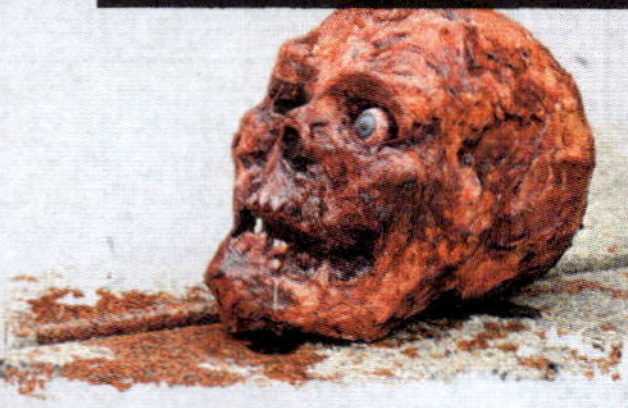

10. WER BESUCHT DEANNA HEIMLICH, UM SIE VOR RICKS GRUPPE ZU WARNEN?

 Lösungen auf Seite 202

81 DAS UNTOTEN-QUIZ

STAFFEL 5 SCHWIERIG

1. AUF DER SUCHE NACH EINEM ZUFLUCHTSORT MACHT SICH DIE GRUPPE AUF DEN WEG ZU NOAHS EHEMALIGEM ZUHAUSE. WO HAT ER GELEBT?

2. WELCHES VERGEHEN SOLL RICK FÜR JESSIE UNTERSUCHEN?

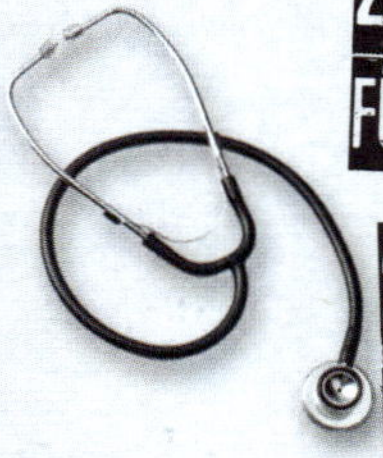

3. WELCHE DREI SCHAUSPIELER DER 5. STAFFEL SPIELTEN AUCH IM KRIMIDRAMA *THE WIRE* MIT?

4. WELCHES GEMÄLDE HÄNGT IM BÜRO VON DR. STEVEN EDWARDS?

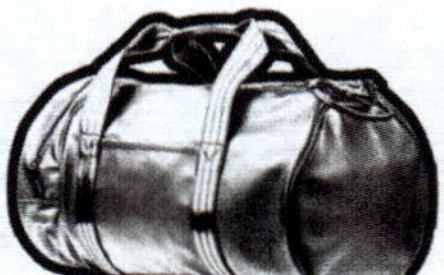

5. WO VERSTECKT RICK SEINE WAFFE, BEVOR DIE GRUPPE ALEXANDRIA BETRITT?

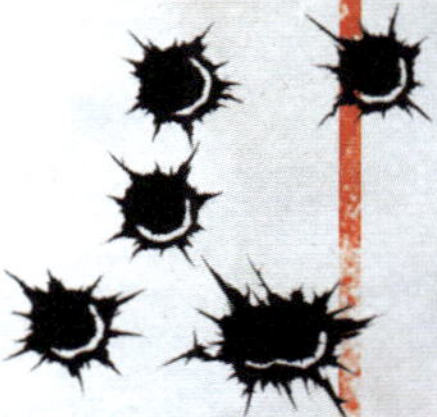

6. WELCHES OBJEKT SOLLEN ERIC UND AARON FÜR SHELLY NEUDERMEYER BESORGEN?

7. WIE NENNT AARON DAS PFERD, DAS ER SEIT MONATEN ZU FANGEN VERSUCHT?

8. WIE NENNT EUGENE SEINE VOKUHILA-FRISUR?

9. WAS GIBT CARL MAGGIE NACH BETHS TOD?

10. WELCHER BUCHSTABE FINDET SICH IN GABRIELS KIRCHE, AUF EINEM WAGGON AND ALS STEMPEL AUF RICKS HAND?

Lösungen auf Seite 203

82 VERDAMMTE KIDS

TEIL 1

»Es gibt ein Wort für dich, Sam, und dieses Wort lautet: Plagegeist«, verkündete Carol dem Jungen. Mit einer grenzenlosen Beharrlichkeit, die jeden Erwachsenen in den Wahnsinn treiben kann, hoffte Sam jeden Tag, dass sie ihm vielleicht Kekse geben würde. Zu Carols allgemeiner Bestürzung musste nun sie selbst anstatt des Süßwarenladens einspringen.

Carol hatte verschiedene Methoden ausprobiert, den Jungen davon abzubringen: Beleidigungen und Androhen von grässlichen Aufgaben, aber nichts half. Nach einem Tipp von Deanna erfuhr sie, dass er mit Rätseln abgelenkt werden konnte. Erstaunlicherweise verschwand er einen ganzen Nachmittag lang, als sie Folgendes fragte:

»Ich habe ein Zimmer in meinem Haus, in das ich Plagegeister wie dich stecke. Es gibt nur zwei Ausgänge: Der eine führt zu meinen Streuner-Haustieren und der andere in einen Raum, in dem ich eine große Lupe aufbewahre, wo dich die Sonnenstrahlen verbrennen, wenn du hineingehst. Wie entkommst du?«

F **Welche Antwort gab Sam, als er an diesem Abend zu Carol zurückkam?**

Lösung auf Seite 203

83 VERDAMMTE KIDS

TEIL 2

Carol war zweifelsohne eine der besten Strateginnen Alexandrias, aber ihr Plan, Sams Aufmerksamkeit zu entkommen, ging total in die Hose. Er kam nicht nur jeden Tag zu ihr nach Hause und bat um Kekse, er verlangte auch unaufhörlich neue Rätsel. Sie war fast versucht, ihn mit etwas anderem abzulenken – vielleicht mit dem Bügeln ihrer Kleidung oder dem Reinigen der Dachrinne –, aber er würde unweigerlich auch davon besessen sein.

Mit ein paar Jahren Erfahrung zu diesem Thema war Glenn eine verlässliche Quelle für Rätsel, aber Carol zog es vor, selbst welche auszudenken. Es war verdammt gefährlich, dies Sam zu verraten, aber sie war wirklich stolz, als er wieder einmal vor ihrer Haustür stand und sie ihn mit folgendem Rätsel bombardierte:

»Welches Wort gehört nicht in die folgende Liste: Teiche, Eiche, Speiche, Streiche, Weiche, Deiche, Leiche und Reiche?«

Lösung auf Seite 203

84 TÖDLICHES ZIEL 3

Die Mauern würden nicht mehr lange halten. Wenn Rick nicht bald etwas unternahm, blieb nicht viel von Alexandria übrig, was zu retten war. Er hatte auf die harte Tour gelernt, dass es immer schlimmer wird als gedacht.

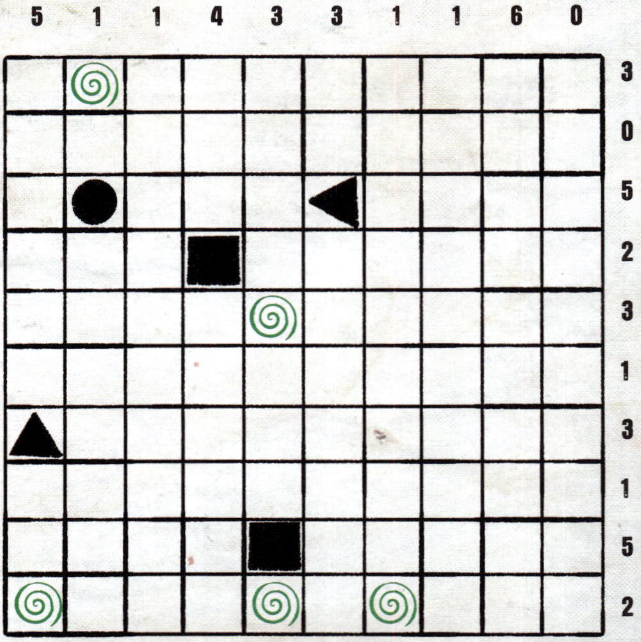

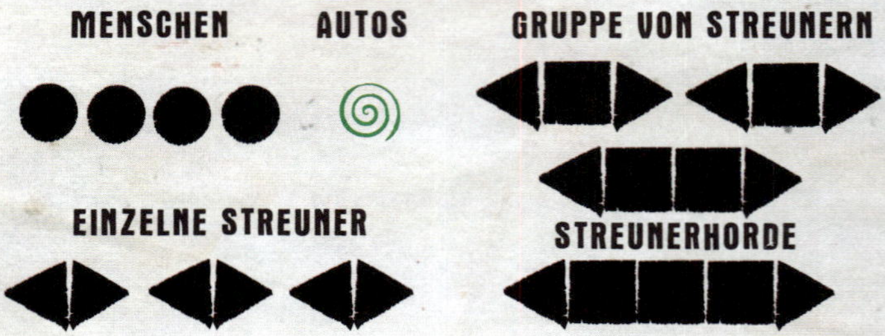

Identifiziere die genauen Positionen der in diesem Raster versteckten Streuner und Menschen. Alle sind horizontal oder vertikal positioniert, und niemand grenzt unmittelbar an andere Personen, auch nicht diagonal. Die Zahlen über den Spalten beziehungsweise neben den Zeilen geben die Anzahl der Gesamtsegmente in den entsprechenden Zeilen und Spalten an.

 Lösung auf Seite 204

85 IN DER GRUBE

Abgesehen von Gewehrkugeln und harten Gegenständen, die gegen seinen Kopf geschleudert werden, besteht die größte Bedrohung für einen Streuner darin, von der Topografie eingefangen zu werden.

Genau das ereignete sich, als der Herbst in Virginia begann. Ein Streuner näherte sich Alexandria, als er in einen zwölf Fuß tiefen Graben fiel. Am Ende des Tages hatte er vier quälende Fuß nach oben geschafft, aber in dieser Nacht regnete es und er rutschte wieder um drei Fuß nach unten.

Das erste Unglück für den Streuner war, als Krankenhauspförtner von einem Patienten gebissen worden zu sein, das zweite, Ende September in Virginia in einem Loch festzustecken. Jeden Tag kroch er vier Fuß nach oben, bevor es wieder anfing zu regnen und er wieder um drei Fuß nach unten rutschte.

F **Wie viele Tage brauchte der Streuner, um aus dem Graben zu entkommen?**

Lösung auf Seite 205

86 SÄUBERUNGSAKTION

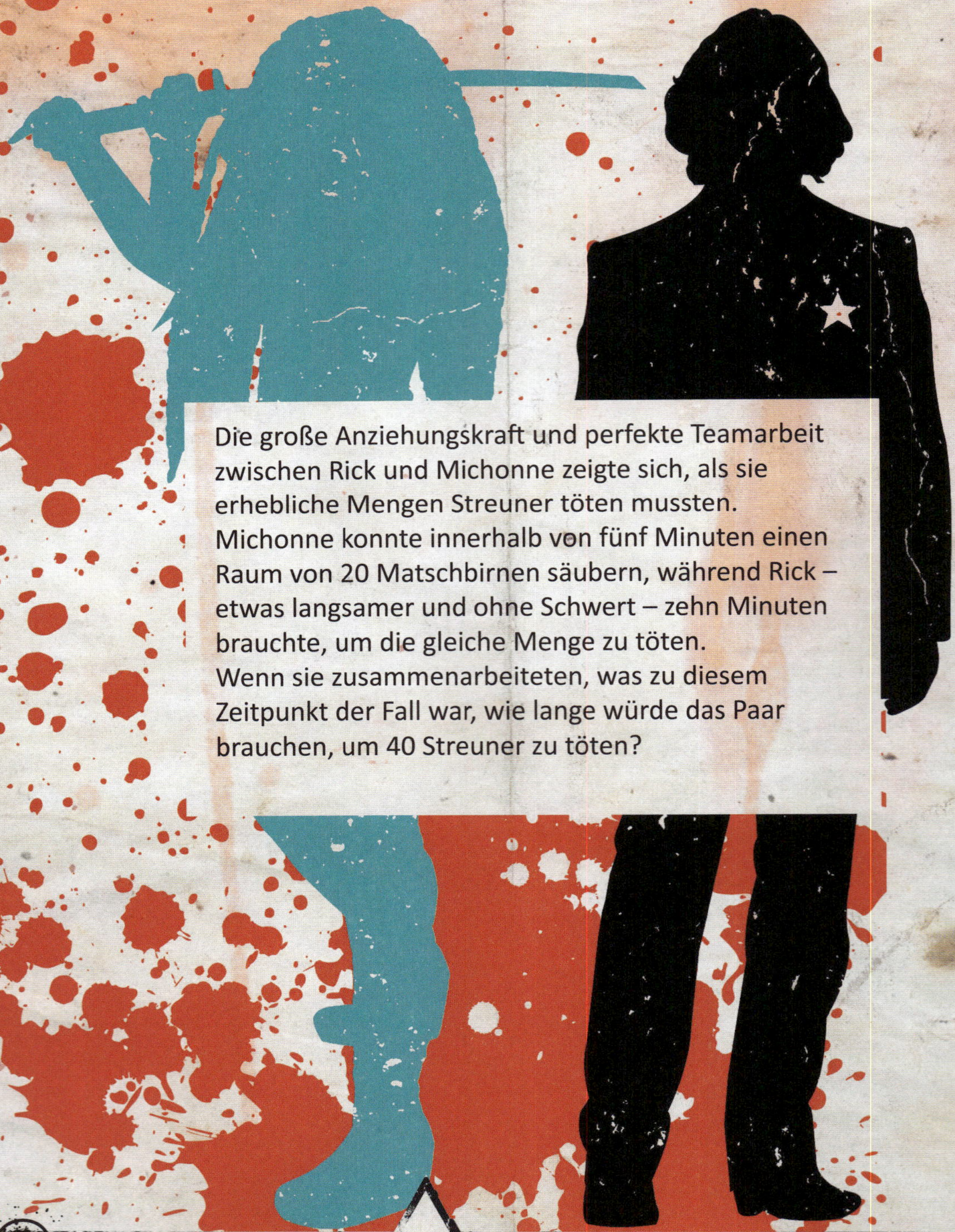

Die große Anziehungskraft und perfekte Teamarbeit zwischen Rick und Michonne zeigte sich, als sie erhebliche Mengen Streuner töten mussten. Michonne konnte innerhalb von fünf Minuten einen Raum von 20 Matschbirnen säubern, während Rick – etwas langsamer und ohne Schwert – zehn Minuten brauchte, um die gleiche Menge zu töten.
Wenn sie zusammenarbeiteten, was zu diesem Zeitpunkt der Fall war, wie lange würde das Paar brauchen, um 40 Streuner zu töten?

 Lösung auf Seite 205

87 VERSTECKTES BILD 4

Welche Figur aus Walking Dead verbirgt sich hier?

Spalten (von links nach rechts, Zahlen von oben nach unten):

	1	1	1	1	1	1	1	1	1	1	1	1 3 4	1 8 6	1 2 13	1 6 13	21	3 19	2 18	3 7 7	1 2 4 5	1 6 2	3	

Zeilen (von oben nach unten):

1
21
4
2 3
3 3
6 2
6 3
17
27
25
8
7
7
6
5
5
6
7
8
9
9
10
4 5

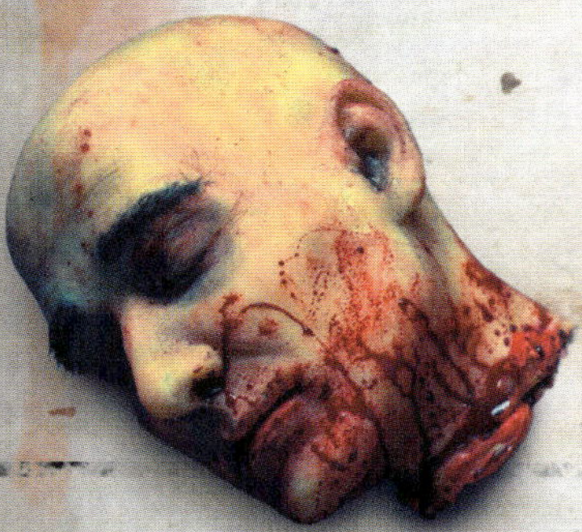

Um das Bild sichtbar zu machen, musst du bestimmte Felder des Rasters einfärben. Die Zahlen über den Spalten und neben den Zeilen geben an, wie viele eingefärbte Blöcke es jeweils gibt und wie viele Felder die jeweiligen Blöcke haben sollen, wobei sich zwischen jedem Block mindestens ein leeres Feld befinden muss.

Lösung auf Seite 206

88 DIE HERDE HÜTEN

TEIL 1

Bis er sie dem Tod überließ, wurde Pater Gabriel von seiner Gemeinde sehr geschätzt. Seine Predigten waren lebhaft, weil er sich lustige Beispiele einfallen ließ, oder zumindest dachte er, dass sie Spaß machten – seine Gemeindemitglieder waren eher fasziniert davon, wie fantasievoll sie waren. Zum Beispiel sprach er in einer Predigt über die Gefahren der Verehrung falscher Götzen:

»Es ist leicht, sich täuschen zu lassen, aus falschen Gründen ein falsches Ziel zu verfolgen. Nehmen wir an, ihr seht mich morgen während eines unbekümmerten Spaziergangs auf dem See. Der See ist nicht ausgetrocknet und trotzdem beobachtet jeder von euch, wie ich auf dem Wasser laufe. Wenn eure Augen euch nicht täuschen, dann muss ich wohl der Messias sein, oder? Es kann ja gar keine andere Erklärung geben!«

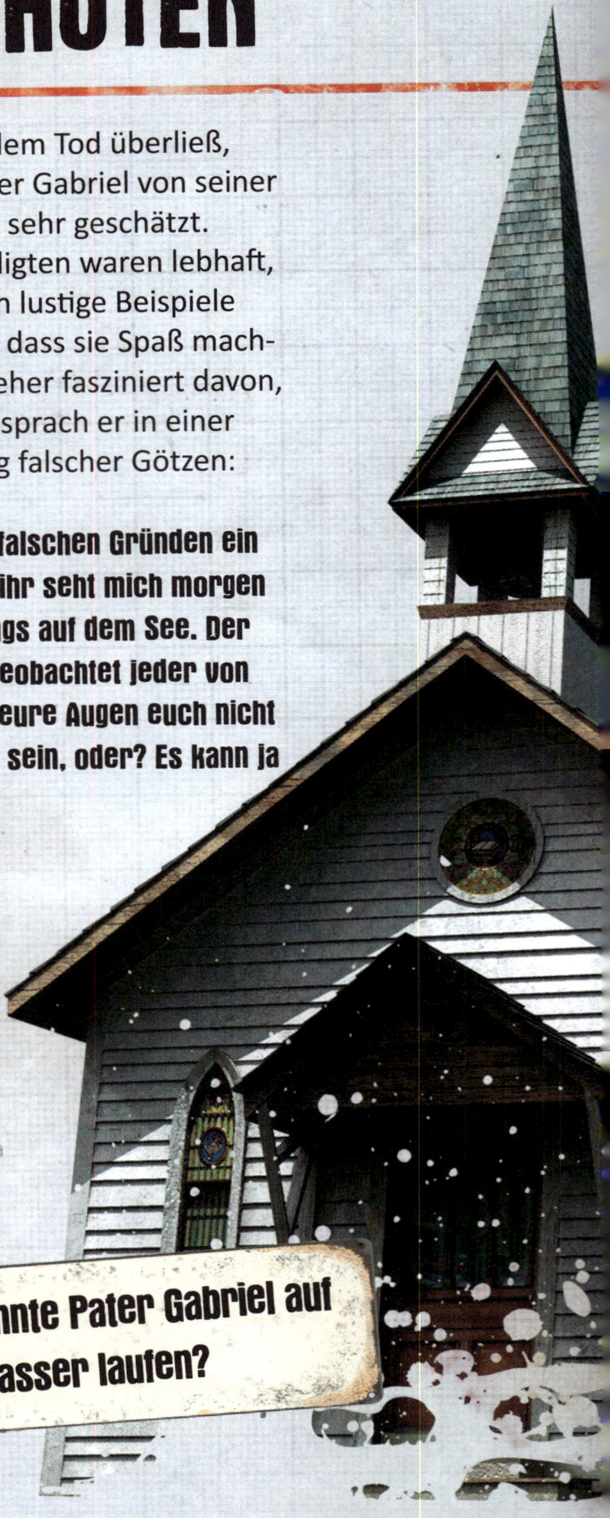

F **Wie konnte Pater Gabriel auf dem Wasser laufen?**

Lösung auf Seite 207

89 DIE HERDE HÜTEN

TEIL 2

Die Gemeinde von Pater Gabriel schätzte die Bemühungen, die er beim Verfassen seiner Predigten unternahm, aber die Botschaft verlor sich oftmals in seiner verwirrenden Syntax. Bei einer denkwürdigen Gelegenheit war er, was niemand nachvollziehen konnte, so aufgewühlt, dass er seine Bibel auf den Boden schleuderte und sagte:

»DIE ANTWORT, DIE ICH GEBE, IST JA, ABER WAS ICH MEINE, IST NEIN!«

F Wie lautet die Frage?

Lösung auf Seite 207

TEIL 3

Rückblickend wurde Pater Gabriels letzte Predigt von der Tatsache überschattet, dass er seine Schäfchen bald verlassen und ihren Tod nicht verhindern würde, aber bis zu diesem Zeitpunkt konnte jeder bejahen, dass er eine hervorragende Predigt gehalten hatte. Das Thema war, seltsam genug, Eigenverantwortung, und wie üblich hatte er mit einem Rätsel begonnen:

»Lasst mich euch von einem Mann erzählen, dem ihr nacheifern solltet. Dieser Mann wurde in der Wüste gefunden, aber im Gegensatz zu unserem Herrn überlebte er dort nicht. Sein Körper wurde nackt und ramponiert entdeckt und in seiner Hand umklammerte er einen halben Zahnstocher. Um ihn herum gab es keine Spuren oder Fußabdrücke, und seine Kleidung wurde in einiger Entfernung gefunden. Was wohl mag mit ihm passiert sein?«

Lösung auf Seite 207

90 DIE HERDE HÜTEN

STAFFEL 6
KALTE
KÖRPER

91 DIE NEUE WELT

»SORRY, ICH WAR EIN IDIOT«, stand auf der Karte. **»KOMM NACH WASHINGTON. DIE WELT WIRD RICK GRIMES BRAUCHEN.«**

Morgan war geneigt zu glauben, dass dies ein Zeichen war, und nicht nur, weil er die Karte in einer Kirche unmittelbar nach dem Beten gefunden hatte. Er würde den Anweisungen folgen, um Rick zu finden, aber zuerst musste er aus diesem Labyrinth herauskommen.

START

 Lösung auf Seite 208

92 PECHSTRÄHNE

TEIL 1

Eine unvorhergesehene Auswirkung der gegenwärtigen Situation war, dass man in den Menschen Talente entdeckte, die vorher komplett brachgelegen hatten. So stellte es sich heraus, dass Glenn wirklich gut darin war, dem Tod ein Schnippchen zu schlagen. Abgesehen von der ständigen Bedrohung durch Beißer hatte der Mann Kannibalen, eine Seuche, seine Rolle als Köder in einem Brunnen, den Schuss eines Kollegen und einen Streuner, der auf ihn losging, als er an einen Stuhl gefesselt war, überlebt. Und das waren nur die Zwischenfälle, an die er sich erinnern konnte.

Obwohl er lebensbedrohliche Situationen sozusagen heraufbeschwor, war Glenn bemerkenswert lebensfroh. Einmal in der Woche überraschte er seine Frau mit einem Rätsel, und einmal in der Woche verfluchte sie ihn deswegen. Maggies einzige Hoffnung war, dass ihm irgendwann die Energie dafür ausgehen würde. Das Rätsel, dass er ihr heute aufgab, war sein bisher definitiv blödsinnigstes:

»Auf welcher Seite hat eine Katze das meiste Fell?«

Lösung auf Seite 209

93 PECHSTRÄHNE

TEIL 2

Glenn fand es krass, wie viel Zeit seines Lebens er damit verbracht hatte, Rätsel zu erfinden, aber solange sie Maggie weiterhin zum Lächeln, Jammern oder Schulterklopfen brachten, würde er nicht damit aufhören. Allerdings wurde es immer schwieriger, sich etwas Neues auszudenken. Einmal fragte er sie: **»Was ist voller Löcher und trotzdem voller Wasser?«**, worauf Maggie ihm mitteilen musste, dass er ihr dieses Rätsel schon einmal auf der Farm aufgegeben hatte. Sie konnte sich jedoch nicht an die Antwort erinnern, deshalb stellte Glenn gleich noch ein zweites Rätsel: **»Warum lädt ein Tisch dich niemals ein, dich zu ihm zu setzen?«**

Lösung auf Seite 209

94 WÖLFE IN SICHT

TEIL 1

Morgan hatte sich einen ungünstigen Zeitpunkt ausgesucht, als er beschloss, keine Menschen mehr zu töten, obwohl es wahrscheinlich generell keinen günstigen Moment für eine solche Absicht gibt. Die Wölfe hatte ihn kilometerweit verfolgt – sie wollten alles, was er hatte, deuteten sie an, bis zum letzten Blutstropfen.

Irgendwann hatten sie es geschafft, ihn zu überholen, aber anstatt anzugreifen, kreisten sie ihn nur ein. Es war Rudelverhalten, vermutete Morgan. Das wurde ihm erst richtig deutlich, als er an einer Weggabelung zu drei rätselhaften Wegweisern kam.

Auf dem ersten Schild stand: **»Nicht diesen Weg nehmen!«**

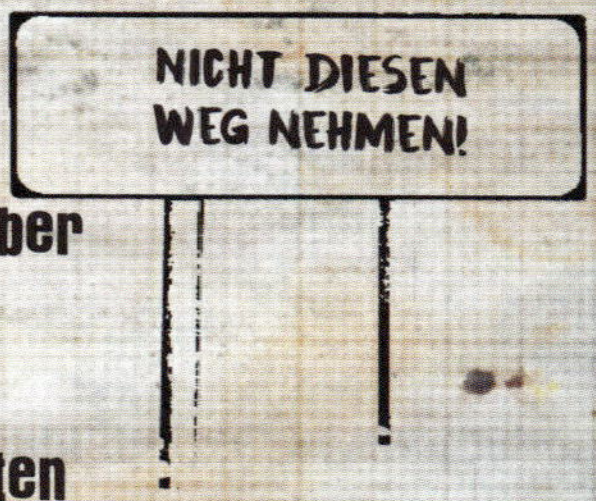

Auf dem zweiten stand: **»Nimm diesen Weg, oder aber der dritte Weg ist der richtige.«**

Auf dem dritten Schild stand: **»Wir warten am ersten Weg auf dich, Morgan.«**

Morgan kannte die Gruppe und wusste, dass sie mit ihm spielten, also nahm er an, dass mindestens eines der Schilder falsch sein musste.

F **Welchen Weg sollte er nehmen?**

Lösung auf Seite 209

TEIL 2

Die Wölfe lockten Morgan immer tiefer in den Wald. Seine Schritte verlangsamten sich: Er kannte zwar den Weg zurück nach Terminus, aber nicht den Weg nach vorn in die entgegengesetzte Richtung. An einer der nächsten Kreuzungen angekommen, sah er, dass die Wölfe den Wegweiser mit den Richtungsangaben niedergerissen hatten. Er fühlte sich wie in einem Märchen, denn auch dort sind Wölfe oft Fantasiegestalten, die man nur selten zu Gesicht bekommt.

F **Wie kann Morgan den richtigen Weg finden?**

Lösung auf Seite 210

96 WÖLFE IN SICHT

TEIL 3

Je länger sie in dieser Welt lebten, desto schneller erkannten sie, wenn es sich um eine Falle handelte. Morgan wusste, dass er nahe dran war, irgendwo reinzugeraten, aber er wusste auch, dass er sich wieder herauskämpfen könnte. Besser, es hinter sich zu bringen, als sich an der Nase herumführen zu lassen. Er näherte sich weiteren Hinweisschildern im Wald. Wieder stand an jedem der drei möglichen Wege ein Schild. Er hatte nun begriffen, die Idee dahinter zu verstehen und wusste, dass mindestens ein Hinweis wahr, ein weiterer unwahr, und nur einer der Wege sicher war.

Der Hinweis am ersten Weg lautete: **»Nimm auf keinen Fall den zweiten Weg!«**

Der Hinweis am zweiten Weg lautete: **»Wir warten auf diesem Weg, Morgan, und lauern dir auf, um dich zu töten.«**

Der Hinweis am dritten Weg lautete: **»Dieser Weg ist sicher. Wir sind nicht auf diesem Weg. Na los, komm schon, nimm diesen Weg!«**

F **Welchen Weg sollte Morgan nehmen?**

Lösung auf Seite 210

97 WÖLFE IN SICHT

TEIL 4

Die Wölfe hatten ein unglückliches Timing: Wenn sie Morgan ein paar Monate vorher eine derart verwirrende Reihe von Rätseln aufgegeben hätten, hätte er wahrscheinlich voller Verzweiflung die Segel gestrichen. Stattdessen hatte ihr Gegner jetzt einen vollkommen klaren Kopf: Er würde seinen Freund wiederfinden und ihm die Hand schütteln können. Morgan lächelte, als er an eine weitere Gabelung kam. Die Wölfe boten eindeutig alles auf, zu dem sie fähig waren. Es war ihr letzter Versuch, ihn endlich in die Falle zu locken und zu töten. Zumindest nahm Morgan das an, aber auch dafür war er bereit.

Die Hinweise am ersten Weg lauteten: **»Wir erschießen dich, und zwar auf diesem Weg«** sowie **»Der sichere Weg führt an einem Bach vorbei«.**

Die Hinweise am zweiten Weg lauteten: **»Wir erschießen dich, wenn du den ersten Weg nimmst«** sowie **»Auf dem sicheren Weg gibt es kein Wasser«.**

Die Hinweise am dritten Weg lauteten: **»Dieser Weg ist auf keinen Fall sicher«** sowie **»Der zweite Weg ist der sichere«.**

Morgan kannte das schon: Sicherlich würde jeder Wegweiser nur eine falsche Aussage enthalten.

F Welchen Weg sollte er nehmen?

 Lösung auf Seite 210

98 SAFEKNACKEN 5

»Ob David oder Goliath – einen Rickard-Safe kannst du nicht knacken!«, versprach der Werbeslogan des Unternehmens, aber eine alternative Beschreibung hätte lauten sollen: **»… es sei denn, du löst das Rätsel, mit dem du die Codes der Safes decodieren kannst, und das ist eine ganz einfache Sache«.** Zur Freude der Überlebenden in ganz Georgia wurden diejenigen, die das Rätsel gelöst hatten, zuverlässig mit Schusswaffen und seltenen Eintrittskarten für Baseballspiele belohnt, die leider nie mehr stattfinden würden.

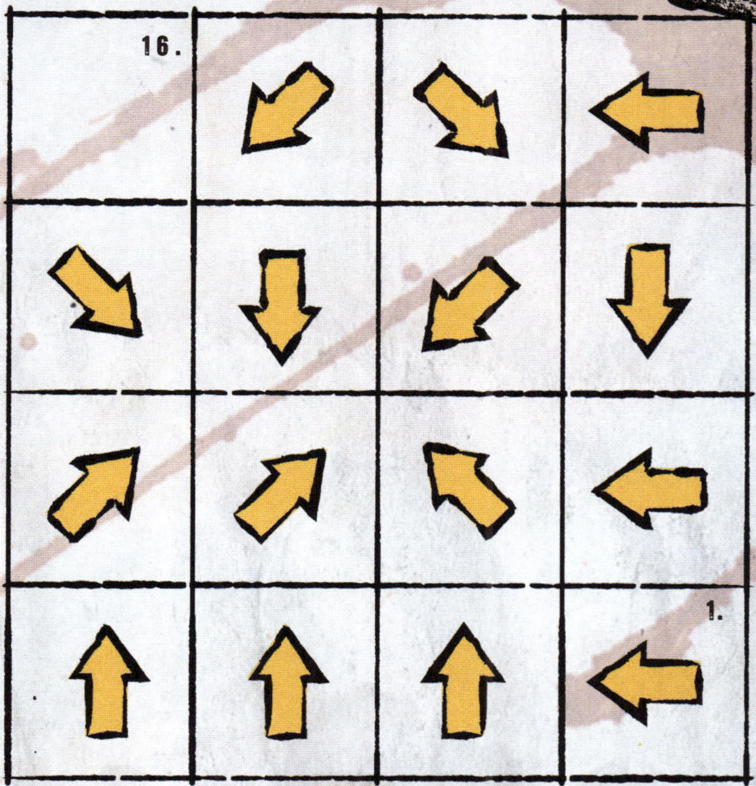

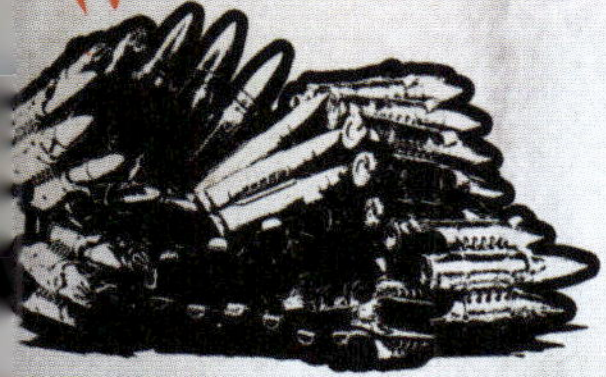

Um den Safe zu knacken, bewegst du dich von rechts unten nach links oben und besuchst jedes Feld genau einmal. Die Pfeile in jedem Feld zeigen, in welche Richtung du dich bewegen musst.

99 ÄRGER MACHEN

Carl hatte ein Auge auf Enid geworfen, das war offensichtlich. Es war schlimm genug, dass sein Vater Rons Vater ermordet hatte, aber nun verfolgte Ron nicht nur ihn, sondern auch noch seine Freundin. Zunächst war Ron unsicher, wie er seine Aggressionen überwinden sollte. Nach ein paar Jahren harter Alexandria-Schule hatte er keinen besseren Plan, als Enid zu beweisen, dass er Carl intellektuell überlegen war. Er näherte sich dem Paar auf der Straße und sagte zu Carl:

»Was ist vier mal drei mal zwei mal eins mal null mal eins mal zwei mal drei mal vier?«

Sein Plan ging total schief: Carl und Enid spazierten einfach weiter, als hätte Ron überhaupt nichts gesagt. Tränen rannten über seine Wangen, als er entschied, dass er Carl nicht ohne weitere Konsequenzen davonkommen lassen würde.

F **Wenn Carl sich mit Rons Frage beschäftigen würde, wie würde die Antwort lauten?**

Lösungen auf Seite 211

100 DAS UNTOTEN-QUIZ

STAFFEL 6 EINFACH

1. WO STOSSEN RICK UND MORGAN AUF EINE GROSSE GRUPPE VON STREUNERN?

2. WIE ÜBERLEBT GLENN DEN STREUNER-ANGRIFF, BEI DEM NICHOLAS GETÖTET WIRD?

3. WAS SAMMELT AARON?

4. WAS WAR HILLTOP, BEVOR ES WÄHREND DES AUSBRUCHS VON DER FEMA ÜBERNOMMEN WURDE?

5. WOHER WEISS MAGGIE, DASS GLENN NOCH LEBT?

6. WELCHES TIER ISST ENID AUF IHRER REISE NACH ALEXANDRIA?

7. WELCHE KAMPFKUNST ERLERNT MORGAN, ANSTATT ZU TÖTEN?

8. WIE VERLIERT CARL SEIN RECHTES AUGE?

9. WELCHEN JOB HATTE GLENN VOR DEM AUSBRUCH?

10. WER IST DER ANFÜHRER DER WÖLFE?

Lösungen auf Seite 212

101 DAS UNTOTEN-QUIZ

STAFFEL 6 SCHWIERIG

1. WELCHES BUCH GIBT EASTMAN MORGAN?

2. ROSITA UND ABRAHAM HABEN DIE GLEICHEN HALSKETTEN. WORAUS BESTEHEN SIE?

3. WIE VIELE MENSCHEN HAT CAROL LAUT DER LISTE IN DER EPISODE *DIE NACHT VOR DEM MORGEN* GETÖTET?

4. IN WELCHER KIRCHE WAR GABRIEL PRIESTER?

5. WOMIT MÖCHTE DENISE TARA ÜBERRASCHEN?

6. WELCHES GEBÄUDE BRICHT IN ALEXANDRIA ZUSAMMEN, SODASS STREUNER DIE ZONE BETRETEN?

7. WIE STIEHLT JESUS RICK UND DARYLS TRUCK?

8. WIE HIESS DER MANN, DER EASTMANS GANZE FAMILIE TÖTETE?

9. WOMIT BEFREIT SICH CAROL, ALS SIE UND MAGGIE VON SAVIORS GEFANGEN GENOMMEN WORDEN SIND?

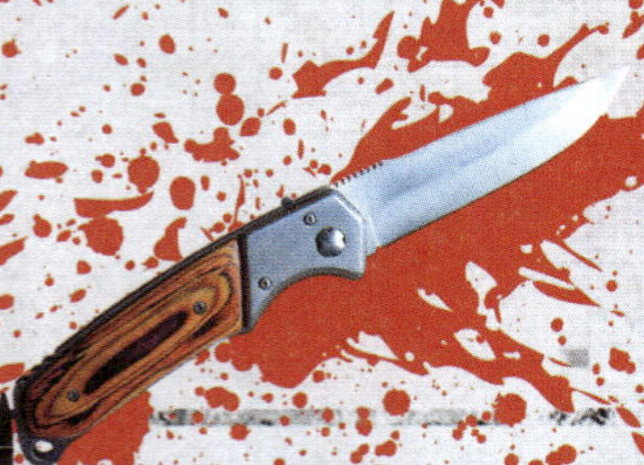

10. WAS MACHT GLENN ZUM ERSTEN MAL, ALS DIE GRUPPE DEN AUSSENPOSTEN DER SAVIORS ANGREIFT?

Lösung auf Seite 212

102 FALSCHER MANN

TEIL 1

Wahrscheinlich war Gregory vor dem Verschwinden der Bibliotheken und Buchhandlungen nicht gerade ein Bücherwurm gewesen. Vielleicht hätte er sonst schon einmal von dem Peter-Prinzip gelesen – ein Konzept, das besagt, dass Manager immer weiter Karriere machen, bis sie zu dem Punkt kommen, an dem sie sich als inkompetent erweisen. Zusammen mit dem Tod der meisten potenziellen Konkurrenten trug seine Ignoranz möglicherweise dazu bei, dass er trotz seiner offensichtlichen Bestechlichkeit und Inkompetenz die Kontrolle über Hilltop behalten konnte.

Gregorys Führungsstil war wirklich verblüffend: Kurz nachdem er der Gemeinde feierlich mitgeteilt hatte, dass sie alle getötet würden, wenn die Saviors nicht die Hälfte ihrer Ressourcen erhalten würden, stellte sich heraus, dass sie sich in dieser traurigen Lage befanden, weil er eine Wette gegen Simon verloren hatte. Jeder in Hilltop stöhnte, als Gregory ihnen von dem Rätsel erzählte, das er nicht hatte lösen können:

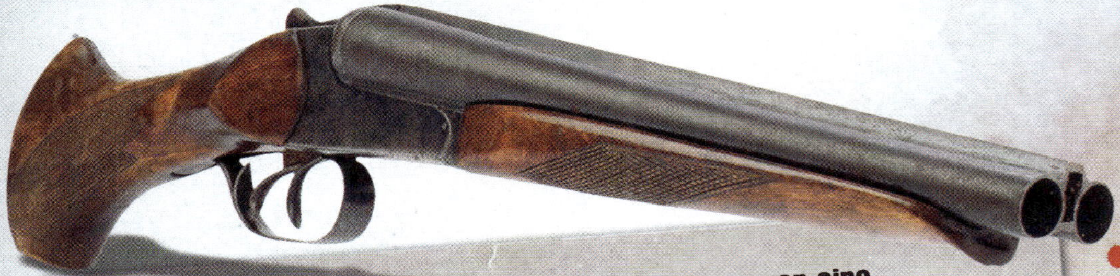

»Vor vielen Jahren wurde an einem Sonntagmorgen eine Frau in ihrem Haus ermordet aufgefunden. Die Polizei kam und befragte die Verdächtigen: Ihr Mann behauptete, er hätte geschlafen, der Koch sagte, er habe das Frühstück vorbereitet, das Dienstmädchen behauptete, sie hätte die Post abgeholt, und der Gärtner sagte, er habe den Rasen gemäht. Wer war der Mörder?«

Lösung auf Seite 213

103 FALSCHER MANN

TEIL 2

Anstatt dafür zu sorgen, dass jeder in Hilltop genug zu essen hatte, bestand Gregory darauf, dass es fairer wäre, wenn sich die Menschen Lebensmittelmarken verdienten, indem sie Aufgaben erledigten. Aus Gründen, die nur ihm bekannt waren, war jeder Einwohner verpflichtet, einen Vertrag zu unterzeichnen.

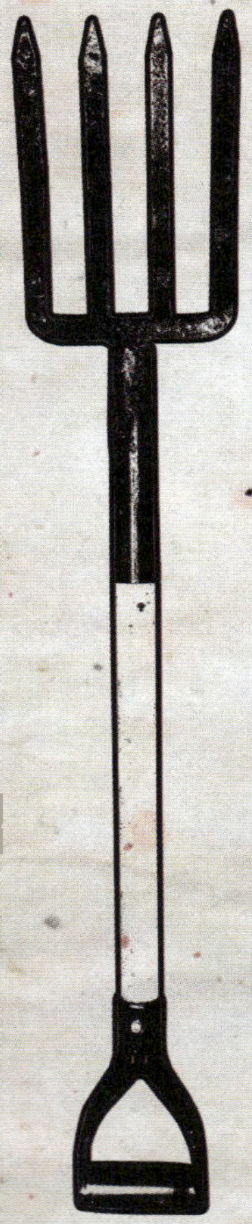

Kals Vereinbarung besagte, dass er acht Marken pro Tag erhalten würde, unter der Bedingung, dass er für jeden Tag, den er »frei« hatte, zehn Marken abgezogen bekam. Als harter Arbeiter sah Kal kein Problem in dieser Regelung, erfuhr jedoch bald, dass Gregorys Definition des Begriffs »frei« äußerst fragwürdig war: Einen Streuner-Angriff abzuwehren, wenn man eigentlich ein Feld beackern sollte, wurde als »Freizeit« interpretiert. Nach dreißig Tagen sagte Gregory ihm, dass sie nun quitt seien.

F **Wie viele Tage arbeitete Kal und wie viele hatte er »frei«?**

Lösung auf Seite 213

104 FALSCHER MANN

TEIL 3

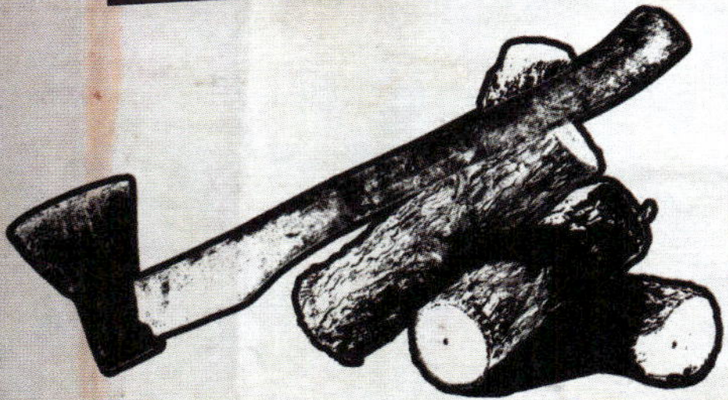

Wegen des Zusammenbruchs des Stromnetzes musste sich jede Gemeinde in Virginia selbst mit Strom versorgen und Einrichtungen dafür schaffen. Geklaute Solarmodule waren die offensichtliche Lösung, aber Gregory zog es vor, Holzbrenner zu verwenden und unbewaffnete Bewohner in den nahe gelegenen Wald zu schicken, um Bäume zu fällen. Als diese Idee, wie so viele vorher auch, nicht funktionierte, blieb Hilltop nichts weiter als hier und da ein Lagerfeuer und eine Portion von langsam abflauendem Optimismus.

An einem solchen Abend beleuchtete Gregory sein Schlafzimmer mit einem Dutzend Kerzen in der Hoffnung, dass jemand auf einen romantischen Besuch vorbeischauen würde. Natürlich kam niemand. Eine Brise löschte die beiden Kerzen am Fenster, bevor es dunkel wurde, und dann schlief Gregory ein. Wie viele Kerzen waren noch übrig, als er am nächsten Morgen allein aufwachte?

Lösung auf Seite 213

105 FINDE DIE UNTERSCHIEDE 3

Es gibt zehn Unterschiede zwischen dem Bild auf der linken und dem auf der rechten Seite. Kannst du sie finden?

Lösung auf Seite 214

106 LEBEN ODER TOD?

Unter den gegebenen Umständen war es möglich, dass sich die verfeindeten Gemeinden auch ohne Angriffe von Streunern gegenseitig auslöschen konnten. In einer Sache aber stimmten alle überein, egal ob Savior oder freier Mann in Alexandria: Carls Frisur war nicht nur schrecklich, sondern quasi nicht vorhanden.

Nachdem ihn Michonne monatelang deswegen gehänselt hatte, sah er endlich ein, dass es so nicht mehr weitergehen konnte und kapitulierte. Als er schließlich für zehn Minuten seinen geliebten Hut absetzte, stellte Carl fest, dass seine Möglichkeiten als Friseur begrenzt waren. Da Jessie nicht mehr verfügbar war, gab es nur zwei Menschen, die in Alexandria als Haarschneider infrage kamen: Glenn, dessen fließende Locken im Allgemeinen von allen bewundert wurden, und Eugene, dessen Vokuhila so fürchterlich aussah, dass er fast noch mehr unter seiner Kopfbehaarung leiden musste als Carl.

F **Wen sollte Carl bitten, ihm die Haare zu schneiden?**

Lösung auf Seite 214

107 SICHERER WEG

TEIL 1

»Warte! Noch nicht.«
»Warum?«
»Da sind drei. Schau mal.«

Daryl hatte recht. Das Haus wurde von drei Saviors bewacht. Sie drängten sich zusammen, protzten mit ihren Waffen und diskutierten intensiv über etwas. Aaron hob sein Parabolmikrofon.

»Oh Gott.«
»Was?«
»Einer von ihnen hat Granaten. Ich bin mir nicht sicher, welcher.«

Daryl studierte den Ausdruck auf dem Gesicht seines Begleiters, konnte ihn jedoch nicht deuten. Er sah zu den Männern, als Aaron die Informationen weitergab, die er abhörte.

»Also, sie heißen Eli, Roberts und Jim. Ich glaube, einer ist der Fahrer, einer Beobachtungsposten, und der andere hat die Granaten. Sie reden über ihre Jugend. Eli ist in Connecticut aufgewachsen und der Beobachtungsposten in Maryland geboren. Jim zog hierher, als er jung war. Sie reden jetzt über Boxen: Der Fahrer und einer der Männer lernten sich ursprünglich in einem Boxstudio kennen. Sie machen sich über Jim lustig, weil er keinen richtigen Schlag führen kann. Oh, und jetzt beleidigen sie sich. Anscheinend hat der Fahrer mit Roberts eine Wette abgeschlossen, um zu sehen, wer die meisten »Freaks« töten kann. Roberts hat gewonnen. Hilft dir das weiter?«

Für einen Moment glaubte Daryl, sein Kopf wäre kurz davor zu platzen, doch schließlich wusste er genau, wen er zuerst ausknocken musste.

F **Welcher Mann hat Granaten?**

Lösung auf Seite 215

SICHERER WEG

TEIL 2

»Das Gras ist verfärbt, siehst du?«
Daryl wies in Richtung Rasen. Regelmäßige Landschaftspflege war auf der Prioritätenliste etwas nach unten gerutscht, aber Aaron konnte nicht leugnen, dass etwas im Garten hinter dem Haus nicht stimmte. In der Mitte des ungepflegten Rasens zeichnete sich ein quadratischer Fleck ab, etwas heller als der Rest.
»Was bedeutet das?«
»Ich habe nur eine Vermutung«, sagte Daryl. **»Ich würde sagen, da ist etwas. Etwas, das es wert ist, versteckt zu werden.«**
Es würde erklären, warum die inzwischen toten Saviors das Haus bewacht hatten. Während Daryl Schmiere stand, durchsuchte Aaron die Küche. Sie war kaum benutzt worden; die Schränke waren immer noch mit Lebensmittelkonserven gefüllt. Er entdeckte hinter einigen Schüsseln ein Notizbuch und brachte es nach draußen.

»Schau mal, was ich gefunden habe!«, sagte Daryl. In der Nähe des Rasens befand sich eine Metallbox, die bis auf eine Zifferntastatur an einer Seite ziemlich unscheinbar aussah. Aaron wandte seine Aufmerksamkeit dem Notizbuch zu, das bis auf eine Seite vollkommen leer war. Er las den Text laut vor:
»Wie lautet die letzte Ziffer des Codes?
47386 -> 4; 12157 -> 0; 63225 -> 1
75241 -> 1; 88402 -> 6; 36224 -> ?«
»Verdammt, wie sollen wir das lösen?«, fluchte Daryl.
Aaron überlegte einen Moment und gab eine Zahlenkombination auf dem Tastenfeld ein. Sofort begann der Boden unter ihnen zu beben.

F **Welche Nummernfolge gab Aaron in die Tastatur ein?**

 Lösung auf Seite 215

109 SICHERER WEG

TEIL 3

»Ich weiß, dass es sich seltsam anhört, aber ich fand es immer ein bisschen traurig, dass so viele Überlebende es nicht geschafft haben«, sagte Aaron. **»Stell dir vor, du investierst Jahre deines Lebens in einen todsicheren Bunker und wirst dann von einem Streuner gebissen! Das nennt man wohl Pech.«**

Daryl machte ein **»Hmm«**-Geräusch, das normalerweise bedeutete, dass er gehört hatte, was gesagt worden war, aber nicht die Absicht hatte, in Kürze zu antworten. Das Paar checkte den Bunker. Die Unterkunft war mit Lebensmitteln, Wasser, medizinischem Material und Seilen ausgestattet– fast jeder Art von Überlebensausrüstung, die man sich denken konnte. Es gab keine einzige offene Dose oder leere Flasche. Das war wirklich ein unberührter, vergrabener Schatz. Das einzige, was die Stimmung störte, war der Tote, der in der Ecke saß und eine Waffe und ein Tonbandgerät in der Hand hielt. In einem spontanen Impuls drückte Aaron auf »Play«. Die Lautstärke war größer, als beide erwartet hatten.

»Tut mir leid, tut mir leid«, sagte die Stimme auf dem Band. **»Ich schätze, ich habe es doch nicht geschafft.«** Es folgte ein Seufzer, dann der laute Knall eines Schusses, und das war's.

Daryl machte wieder sein **»Hmm«**-Geräusch. Aaron sah zu seinem Freund hinüber und fragte ihn, ob alles in Ordnung sei.

»Ich glaube nicht, dass dieser Mann sich selbst getötet hat«, sagte er.

F **Hatte Daryl recht?**

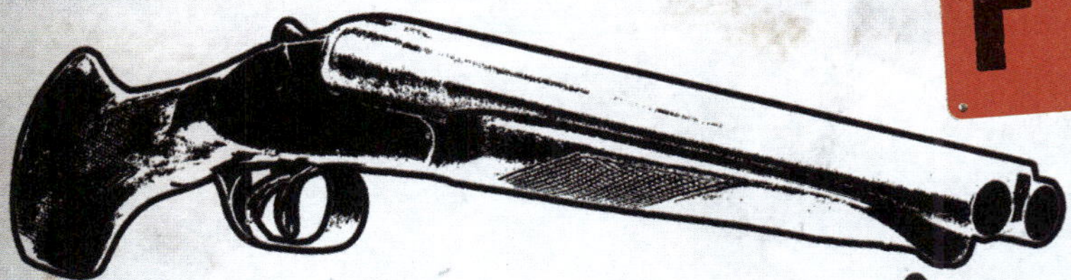

Lösung auf Seite 215

110 VERSTECKTES BILD 5

Welcher Untote verbirgt sich hier?

Spalten: 4 | 2 5 | 4 4 | 7 5 | 20 | 5 7 | 6 4 | 11 | 3 5 2 | 2 9 | 4 2 2 | 2 1

Zeilen: 1 | 3 | 3 | 5 | 5 | 7 | 8 | 9 | 2 1 2 2 | 1 1 1 1 | 2 1 1 1 | 1 1 2 2 | 1 5 1 | 1 5 | 6 | 2 2 | 2 2 | 2 2 | 3 2 | 2 2 | 2 2 | 2 2 | 2 3

Um das Bild sichtbar zu machen, musst du bestimmte Felder des Rasters einfärben. Die Zahlen über den Spalten und neben den Zeilen geben an, wie viele eingefärbte Blöcke es jeweils gibt und wie viele Felder die jeweiligen Blöcke haben sollen, wobei sich zwischen jedem Block mindestens ein leeres Feld befinden muss.

Lösung auf Seite 216

STAFFEL 7

VERWESTE

111 EIN STÜCK PAPIER

Das konnte nicht Glenn sein. Dieser Mann trug zwar seine Kleidung und seine Schuhe, hatte die gleichen Arme, das gleiche Muttermal am gleichen rechten Handgelenk, aber er war es nicht. Das war nur ein Abbild ihres Ehemanns.

Bis zu diesem Zeitpunkt hatte Maggie jahrelang jeden Tag Leichen gesehen, aber auf diesen Moment war sie nicht vorbereitet. Es fühlte sich schlimmer an, als wenn es ihr selbst passiert wäre. Unfähig, Glenns Gesicht zu berühren, griff sie nach der Tasche, in der er die Uhr ihres Vaters aufbewahrte. Doch, da war noch etwas. Ohne auch nur hinsehen zu müssen, wusste sie genau, was sie gefunden hatte. Maggie nahm den Zettel und hielt ihn fest. Ihre Hände zitterten. Sie entfaltete den Zettel und betrachtete Glenns Handschrift. Da war es, das Rätsel, auf ein Stück Papier geschrieben:

WENN MAN NICHT SEHEN KANN,
DANN SIEHT MAN MICH.
WENN MAN ABER SEHEN KANN,
DANN SIEHT MAN MICH NICHT.
WAS BIN ICH?

Lösung auf Seite 217

112 TÖDLICHES ZIEL 4

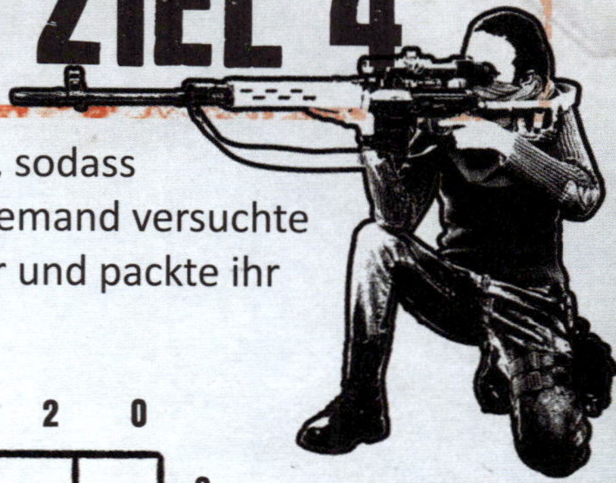

Der Hügel schützte sie normalerweise vor Streunern, sodass der vorrückende Pöbel nur eines bedeuten konnte: Jemand versuchte sie anzugreifen. Sasha sah auf das Meer der Streuner und packte ihr Gewehr.

1	3	1	2	4	2	4	1	2	0	
										0
										1
								▼		3
										2
						▼				1
										4
										1
					●					2
										1
	▼									5

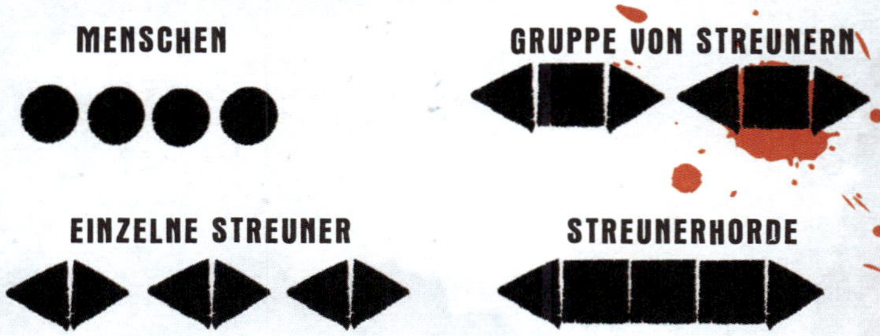

Identifiziere die genauen Positionen der in diesem Raster versteckten Streuner und Menschen. Alle sind horizontal oder vertikal positioniert, und niemand grenzt unmittelbar an andere Personen, auch nicht diagonal. Die Zahlen über den Spalten beziehungsweise neben den Zeilen geben die Anzahl der Gesamtsegmente in den entsprechenden Zeilen und Spalten an.

Lösung auf Seite 217

113 IN DEN MORGENSTUNDEN

Nachts Wache zu schieben war gleichzeitig der wichtigste und am wenigsten attraktivste Job in Alexandria. Ständige Wachsamkeit war notwendig, um die schwer zu erkennenden und selten auftretenden Gefahren wahrzunehmen. Es war qualvoll, aber in den stillen Momenten fand Gabriel eine Ruhe, wie er sie sonst nur in der Kirche verspürt hatte.

Irgendwann wird jedoch jede Ruhe gestört. Die Ursache waren drei Figuren, die aus dem Nichts aufgetaucht waren. **»Seid ihr bewaffnet oder nicht?«**, schrie Gabriel so laut er konnte, um die anderen zu wecken. Die Antwort des ersten Mannes ging im Wind verloren, aber der zweite rief: **»Er sagt, er ist bewaffnet, aber ich bin es nicht.«** Der dritte Mann, der sich auch auf den ersten bezog, fügte hinzu: **»Er sagt, er ist unbewaffnet, und er ist es auch!«**

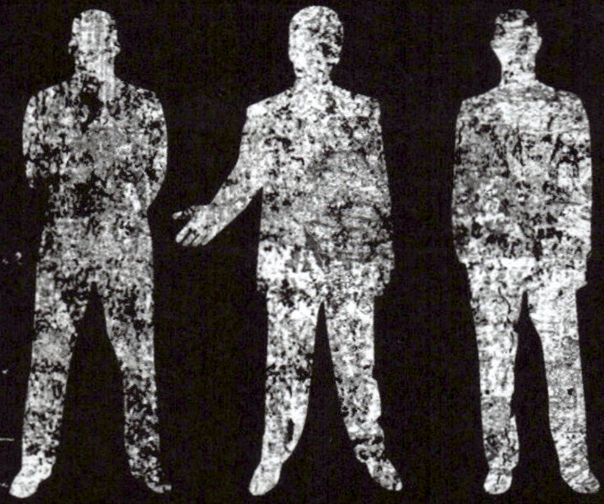

In der Dunkelheit konnte Gabriel die Männer immer noch nicht gut genug sehen, um ihre Aussagen zu überprüfen, aber der gesunde Menschenverstand sagte ihm, dass jeder bewaffnete Fremde, der sich nachts herumschlich, definitiv lügen würde, während es für einen unbewaffneten, verwundbaren Fremden im eigenen Interesse besser wäre, immer die Wahrheit zu sagen.

F **Welcher der drei Männer war bewaffnet?**

Lösung auf Seite 218

114 4:30 NACH ALEXANDRIA

Angesichts einer großen Herde von Streunern, die sich auf den Gleisen in der Nähe von Alexandria direkt auf die Stadt zubewegte, entschieden sich Rick und Michonne, das Problem äußerst unorthodox zu lösen. Sie dachten an die Zeit, als sie mit nur zwei Autos und einem Stolperdraht Hunderte von Streunern abgeschlachtet hatten, und entschieden sich für die Verwendung eines Zugs – eines echten Eisenbahnzugs –, um sie umzumähen. Der Plan war so irre, dass er schon wieder genial war.

Ein Zug ist mit einer Geschwindigkeit von 60 Meilen pro Stunde unterwegs. Der Zug braucht drei Sekunden, um die Streuner zu erreichen, und weitere dreißig, um sie vollständig umzumähen. Wie lang ist der Zug und wie lang ist die Herde (in Fuß), wenn 1 Meile 5280 Fuß entspricht?

Lösung auf Seite 218

VERWESTE

115 SAFEKNACKEN 6

Der Überfall durch Streuner in der Mittagspause brachte nicht viele Vorteile, aber für die Mitarbeiter von Rickard Safes and Vaults konnte es ein Trost sein, dass sie nicht lange genug überlebten, um arbeitslos zu werden. Denn es stellte sich heraus, dass ihre Safes leicht durch das Lösen eines Rätsels zu knacken waren. Diese Entdeckung kam eindeutig den nicht infizierten Menschen Georgias zugute, die die stetige Lieferung von Waffen schätzten, die der Konstruktionsfehler erst ermöglicht hatte.

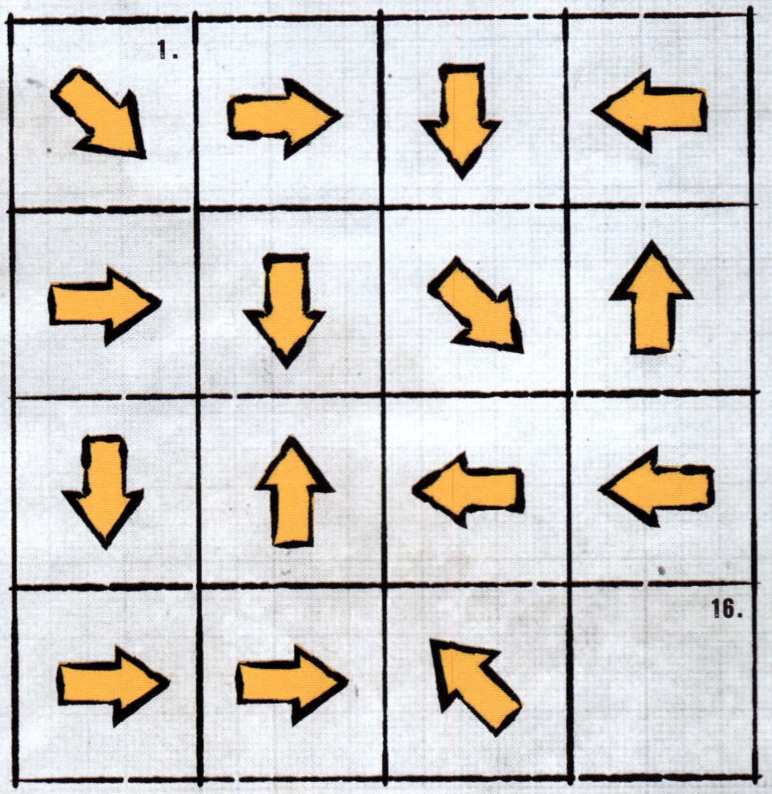

Um den Safe zu knacken, bewegst du dich von links oben nach rechts unten und besuchst jedes Feld genau einmal. Die Pfeile in jedem Feld zeigen, in welche Richtung du dich bewegen musst.

Lösung auf Seite 219

116 DER BRUNNEN

TEIL 1

Richard war bereit für ein Wunder. In einer lebendigen Hölle gestrandet, Frau und Tochter beide verschwunden, bemühte er sich, etwas Gutes zu finden, etwas, an das er glauben konnte. Er wusste nicht, was ihn erwarten würde, als er in die Halle taumelte – jedenfalls hatte er nicht mit einem Mann auf einem Thron gerechnet, der einen bengalischen Tiger streichelte.

»Sei gegrüßt, Reisender«, sagte der Mann. **»Ich bin König Ezekiel und dies ist mein Reich. Ich ermutige diejenigen, die hier Ruhe finden, die Früchte unserer Größe so lange zu genießen, wie sie mögen, solange sie dazu beitragen. Trinke aus dem Brunnen, fülle den Brunnen wieder auf.«**

Richard hatte aufgehört zu blinzeln. Das war die erste vernünftige Rede, die er seit Monaten gehört hatte. Er versuchte zu nicken.

»Ich bin sicher, dass du unzählige Prüfungen durchlaufen hast, aber ich bitte dich, dich noch einer weiteren zu unterziehen. Das ist weniger schmerzhaft, hoffe ich. Ich würde gern den Mut deines Herzens mit einem Rätsel testen. Hier ist es:

›Ich werde in der Angst geboren, wurde in der Wahrheit erzogen und zeige in der Tat mein wahres Ich. Wenn Not am Manne ist, komme ich, um die Ursache dieser Not zu bekämpfen.‹«

F **Wie lautet die Antwort auf Ezekiels Rätsel?**

Lösung auf Seite 219

117 DER BRUNNEN

TEIL 2

Als sie Jerry kennenlernten, waren alle total überrascht, dass jemand, der so nett war wie dieser Typ, so lange überlebt hatte. Obwohl dies ganz offensichtlich positiv gemeint war, fühlte es sich doch auch ein wenig beleidigend an. Jerry war jedoch so fröhlich, dass ihm das nichts ausmachte.

König Ezekiel reagierte sofort auf Jerrys sanftmütige Natur, fühlte sich aber dennoch verpflichtet, seinen Charakter zu testen, bevor er den Mann zu seinem Leibwächter machte. Er tat dies, indem er folgendes Rätsel rezitierte:

»Das Ende der Wahrheit, der Anfang der Täuschung
Der letzte Teil der Nacht und der Schönheit.
Es beginnt der Tumult am Rande des Throns
Die Moral kennt es nicht, die Tugend sehr wohl.«

Jerry wurde auf halbem Weg abgelenkt und konnte das Rätsel natürlich nicht lösen, aber Ezekiel nahm ihn trotzdem in sein Königreich auf.

F **Welche Antwort hätte Jerry geben sollen?**

 Lösung auf Seite 220

118 DER BRUNNEN

TEIL 3

Morgan dachte, dass der Mann höchstwahrscheinlich verrückt war, aber eigentlich passte das ganz gut – es waren ja auch verrückte Zeiten. Wenn jeder, der einem am Herzen lag, sterben konnte und dann versuchte, einen zu beißen, warum sollten dann nicht auch ein Mann und sein Tiger ein Königreich regieren?

Nach einer höflichen Begrüßung, einem exakt ausgearbeiteten Bericht über seine jüngsten Abenteuer und einem Angebot an Äpfeln, Granatäpfeln und Nektarinen (**»herrliche Früchte, hier im Königreich gewachsen«**) wurde es Zeit, Morgan eine Frage zu stellen. **»Es wird dich sicherlich verwirrt zurücklassen«**, warnte Ezekiel, **»aber ein Rätsel ist wie dieser Granatapfel: innen süß, aber umgeben von Bitterkeit. Das ist ein gewisser Widerspruch, aber man kommt nur durch Anstrengung ins Paradies.«** Der König redete so blumig daher, dass Morgan die Frage fast nicht bemerkte:

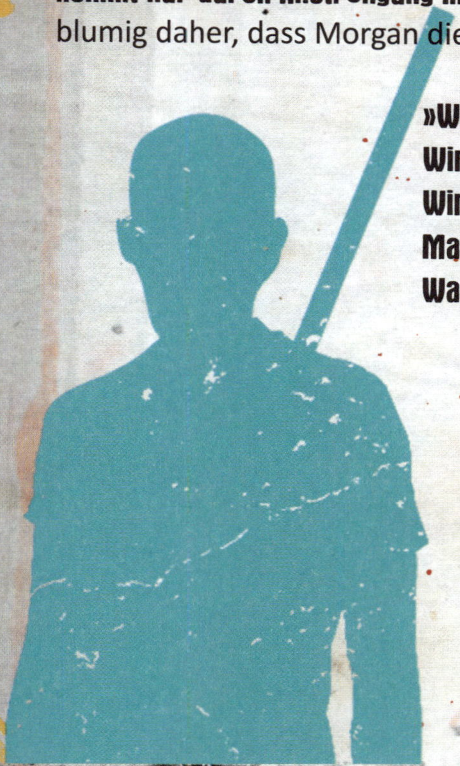

»Wir verletzen, ohne uns zu bewegen.
Wir vergiften, ohne zu berühren.
Wir sind Träger der Wahrheit und der Lüge.
Man sollte uns nicht an unserer Größe messen.
Was sind wir?«

F **Was hat Morgan auf die Frage geantwortet?**

Lösung auf Seite 220

119 DER BRUNNEN

TEIL 4

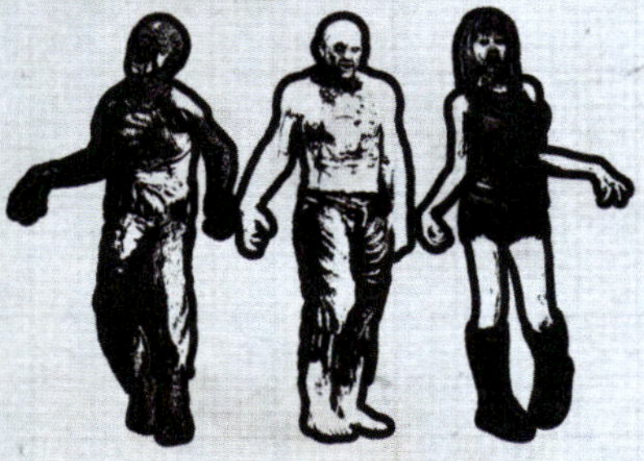

Es gab kein Licht am Ende des Tunnels, nur die Öffnung zu einem weiteren Tunnel. Carol wäre froh gewesen, von diesem Savior oder von einem Streuner oder von sonst jemandem getötet worden zu sein. In letzter Zeit war der einzige Gedanke, der sie zum Lächeln bringen konnte, die Überlegung, tot zu sein. Selbst nachdem sie zweimal angeschossen worden war, war ihr Wunsch nicht in Erfüllung gegangen und jetzt wurde ihr von einem Verrückten, der einen Tiger streichelte, Obst angeboten. Sie hatte einfach Pech, vermutete sie.

Ezekiel gab Carol seine übliche Vorstellung und sie spielte das bescheidene Mäuschen, für das Fremde sie immer hielten. Sie fühlte sich, als könnte sie direkt durch den Mann hindurchsehen, doch er war überrascht, als er den gleichen neugierigen Blick in ihren Augen entdeckte. Er hätte noch eine Frage, sagte er, dann könne sie gehen. Die Frage lautete:

»Wenn ein Tiger dir sagen würde, dass alle Tiger lügen, würde er dann die Wahrheit sagen?«

Lösung auf Seite 220

120 DAS UNTOTEN-QUIZ

STAFFEL 7 EINFACH

1. WIE BEZEICHNEN SICH DIE SAVIORS SELBST, UM IHRE LOYALITÄT ZU ZEIGEN?

2. BEI EINER VERSORGUNGSTOUR TRIFFT TARA AUF EINE GRUPPE VON AUSSCHLIESSLICH WEIBLICHEN ÜBERLEBENDEN. WO LEBEN SIE?

3. WELCHE MASSNAHMEN SCHLÄGT EUGENE VOR, UM DEN KÖRPERLICHEN VERFALL DER STREUNER IM HEILIGTUM AUFZUHALTEN?

4. WELCHES SPIEL SPIELT NEGAN MIT SPENCER, ALS ER ALEXANDRIA BESUCHT?

5. WIE HEISST KÖNIG EZEKIELS TIGER?

6. WER TÖTET SASHA?

7. WAS HINTERLASSEN DIE SAVIORS, ALS DOKTOR CARSON AUS HILLTOP SEINEN TOTEN BRUDER IM HEILIGTUM ERSETZT?

8. WAS TAT KÖNIG EZEKIEL VOR DEM AUSBRUCH?

9. WAS SIND GLENNS LETZTE WORTE?

10. WELCHE CHARAKTERE, DIE IN DER 1. EPISODE VON STAFFEL 1 AUFTRATEN, SIND BIS ZUM ENDE DER 7. STAFFEL NOCH AM LEBEN?

Lösungen auf Seite 220

VERWESTE

121 DAS UNTOTEN-QUIZ

STAFFEL 7 SCHWIERIG

1. WAS MACHT ABRAHAM ALS ERSTES, ALS ER VON NEGAN ALS OPFER AUSGEWÄHLT WIRD?

2. WELCHEN SPITZNAMEN GIBT EUGENE DER PUPPE, DIE ER SICH AUF DEM MARKTPLATZ DER SAVIORS NIMMT?

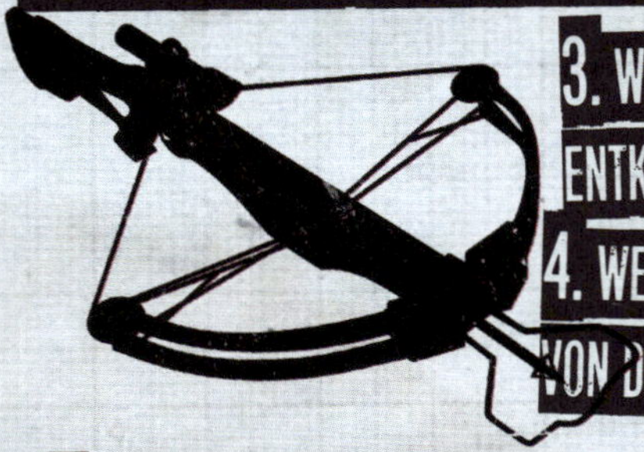

3. WEN TÖTET DARYL, UM DEN SAVIORS ZU ENTKOMMEN?

4. WELCHE MAHLZEIT GIBT NEGAN SASHA, ALS SIE VON DEN SAVIORS GEFANGENGENOMMEN WIRD?

5. WAS WIRD DAS LIEBLINGSGETRÄNK VON SIMON, NACHDEM ER SICH VON GIN ABGEWANDT HAT?

6. WOMIT FOLTERT DWIGHT DARYL?

7. WIE LAUTET DAS MOTTO AN DEN TOREN VON ALEXANDRIAS SICHERHEITSZONE?

8. WELCHE BEZIEHUNG IST AM ENDE DER 7. STAFFEL DIE LANGLEBIGSTE DER SERIE?

9. WAS HINTERLÄSST DWIGHT IN ALEXANDRIA, UM DARYL ZU SAGEN, DASS ER DIE GRUPPE NICHT VERRATEN HAT?

10. WIE VIELE MELONEN SOLLTE DAS KÖNIGREICH AN DIE SAVIORS LIEFERN, UND WIE VIELE HABEN SIE TATSÄCHLICH GELIEFERT?

Lösungen auf Seite 221

122 ABWESENDER VATER

Vater Gabriel war urplötzlich aus Alexandria verschwunden. In der Vergangenheit hatte Rick nur seinen Instinkten vertraut, aber wenn der Priester sich ändern konnte, dann könnte er es vielleicht auch. Seine neue Überzeugung schien sich auszuzahlen: Am Teich fanden sie einige Fußabdrücke, die in den Wald führten …

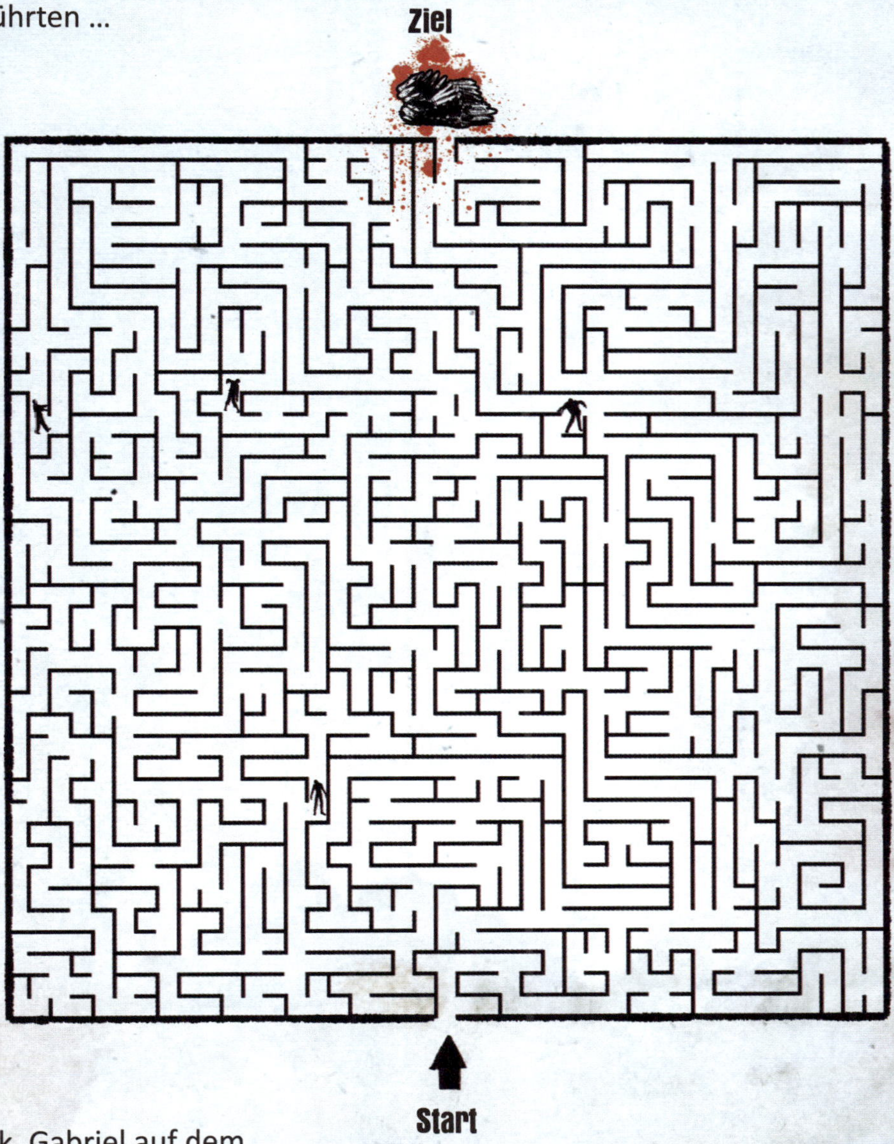

Hilf Rick, Gabriel auf dem Schrottplatz zu finden!

Lösung auf Seite 222

123 SELTSAME WÄHRUNGEN

Schon am dritten Tag nach dem Ausbruch hatte das Geld seine Bedeutung verloren. Das fiel vielen erst mitten während eines Gemetzels auf, aber es war bemerkenswert und aufregend zugleich, dass es überhaupt keine Rolle mehr spielte, ob man reich oder arm war. Man konnte sich eh nicht aus diesem Schlamassel heraus-kaufen. Die neue Währung war Überlebensfähigkeit und damit die Dinge, die dafür einen echten Wert hatten: Nahrung, Wasser und Waffen.

Der Weg zurück von Oceanside fühlte sich länger an als der Weg dorthin, hauptsächlich weil Tara jetzt zu Fuß unterwegs war, und Heath sie nicht mehr begleitete. Instinktiv war sie beunruhigt, als sie zwei Männer entdeckte, die in Sichtweite zusammensaßen. Fremde waren jetzt fast immer eine Gefahr. Als die Männer sie jedoch sahen, winkten sie fröhlich herüber und fragten, ob sie etwas mit ihnen essen wolle. Ein Mann hatte drei Stücke Obst, während der andere fünf hatte, und die drei teilten das Essen zu gleichen Teilen. Während des Essens erklärten die Männer, dass sie Freunde aus der Kindheit und in Richtung Pittsburgh unterwegs seien, um zu sehen, ob ihre Familien es geschafft hatten.

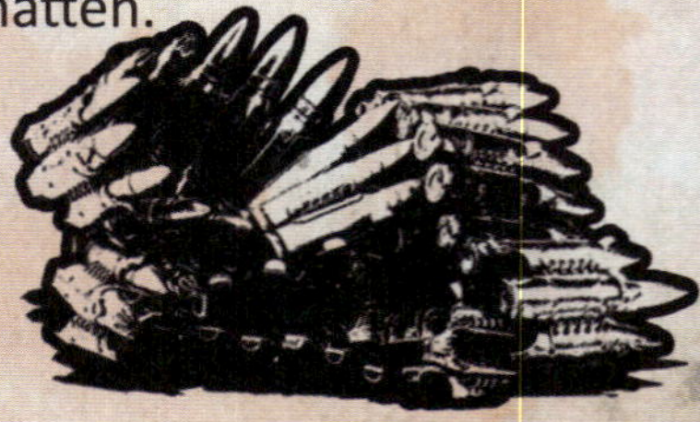

Tara war berührt von ihrer selbstlosen Großzügigkeit und wollte ihre Dankbarkeit ausdrücken. Weil sie vor einiger Zeit ihre Waffe verloren hatte, entschied sie sich, den Männern ihre acht verbliebenen Revolverkugeln zu geben. Die beiden Freunde diskutierten, wer wie viele Kugeln bekommen sollte: Der Mann, der drei Stücke Obst beigesteuert hatte, war der Meinung, drei Kugeln seien okay; sein Gefährte solle fünf bekommen, während der andere das für unfair hielt.

F **Was war der beste Weg, Taras Kugeln zu teilen?**

Lösung auf Seite 223

124 KRIEGSTREIBEREI

Eugene war auch ohne äußere Einflüsse ein unbequemer Typ. Die Anwesenheit von Negans Ehefrauen war daher nur eine zusätzliche Prüfung. Er fühlte sich gleich an mehreren Fronten unbehaglich: Die Frauen waren zweifellos dazu gezwungen worden, den Abend mit ihm zu verbringen, eine ungebührliche Annäherung von seiner Seite würde zweifellos schlimme Repressalien seines neuen Aufsehers hervorrufen, und die, die Frankie genannt wurde, legte gerade ihre Hand auf sein Knie. Auch ohne die Androhungen von Negan wäre Eugene in einer solchen Situation wie versteinert gewesen. Hier gab es nur ein Gegenmittel: Videospiele.

Angesichts seines Verstands und seiner langjährigen Bekanntschaft mit Konsolenspielen ging Eugene davon aus, dass er problemlos gewinnen würde. Die Ehefrauen erwiesen sich jedoch als viel härtere Gegner als gedacht, besonders Tanya.

Eine neue Runde von »Warlords« sollte gerade beginnen. Wenn Tanya diese Runde verloren hätte, hätte sie die gleiche Anzahl von Runden gewonnen wie Eugene, aber wenn die Runde gewonnen hätte, hätte sie doppelt so viele Runden gewonnen wie er. Das jedenfalls war der Spielstand vor dem Start des neuen Spiels.

F **Wie viele Runden hatten Tanya und Eugene jeweils gewonnen?**

Lösung auf Seite 223

125 DER HOFFNUNGSVOLLE HILFSSHERIFF

TEIL 1

Überleben bedeutete vor allem, etwas zu finden, das einen durch den Tag brachte. Für Rick war das seine Familie – er konnte allein von diesem Blick leben, den Michonne ihm zuwarf, ein Lächeln von Judith, die Momente, in denen er sich den Mann vorstellte, zu dem Carl reifen würde –, aber als er den toten Savior durchsuchte, fand er etwas aufregend Greifbares. In Stücke gerissen und in drei Taschen verteilt, war es offensichtlich ein unvollständiger Code. Ricks Gedanken rasten: Vielleicht waren es die Koordinaten für einen Außenposten; Vielleicht verriet ihm das Rätsel den nächsten Schritt von Negan? Das war genug, um ihn bis zum nächsten Tag durchhalten zu lassen.

65		7	40		25
	38			56	
14		20	1		8
48		12	8		56
	14			?	
22		24	19		5

Wie lautet die fehlende Zahl?

 Lösung auf Seite 223

126 DER HOFFNUNGSVOLLE HILFSSHERIFF

TEIL 2

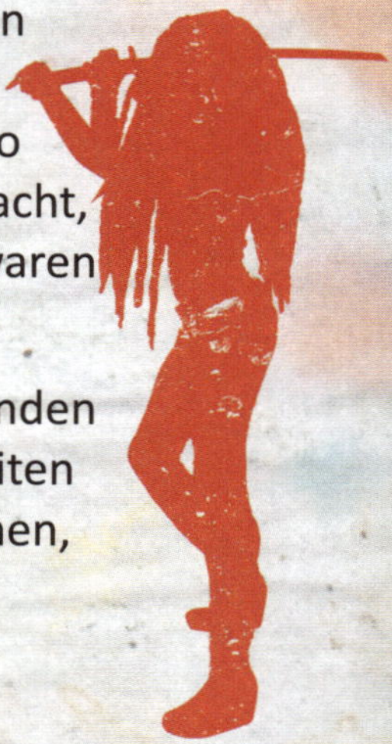

Rick kannte sich mit Taschen von Toten bestens aus. Die Situation in Alexandria war alles andere als sicher, und so hatte er es sich zur Gewohnheit gemacht, jede einzelne Tasche eines getöteten Saviors – und das waren eine ganze Menge – genauestens zu überprüfen.

Es war Michonne, die schließlich Ricks fehlendes Puzzlestück gefunden hatte und strahlte, als sie von einer Versorgungstour mit dem zweiten Teil des Codes zurückkehrte. Das Fundstück sei in einer ihrer Taschen, sagte sie mit einem zweideutigen Lächeln zu ihm, und wenn er es haben wolle, müsste er sie wohl durchsuchen.

1	21	2	7
77		33	
1	61	19	25
9	10	1	3
00		?	
6	92	11	100

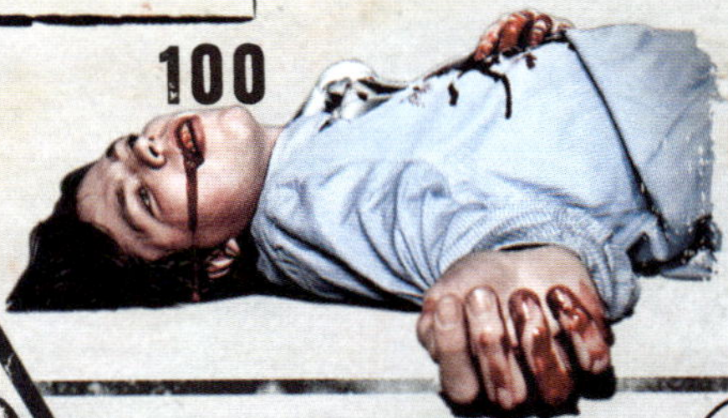

Wie lautet die fehlende Zahl?

Lösung auf Seite 223

127 DER ERLÖSER

TEIL 1

»Oh Daryl. Daryl, Daryl, Daryl. Ich weiß, dass du denkst, dass ich ein böser Mann bin. Ein Tyrann. Ein Hurensohn. Vielleicht denkst du sogar, ich wäre schlimmer als diese Hautfresser da draußen im Garten. Aber ich bin kein schlechter Mann, ich bin ein einfacher Mann. Ich bin ein einfacher Mann mit einfachen Regeln, und wenn man sie bricht, muss jemand dafür bezahlen. Das ist nicht schwer zu verstehen. Als du mir ins Gesicht geschlagen hast, musste dein Kumpel dafür bezahlen. Es. Ist. Einfach. Lass mich dir eine Geschichte erzählen. Du hast heute sowieso nichts mehr vor, außer in eine Zelle ohne jedes Tageslicht gesperrt zu werden. Also hör zu!

Neulich kam einer meiner Nachtwachen zu mir, ein unheimlicher Kerl, er ist entweder ein Idiot oder er stammt aus Ohio. Dieser Mann erzählte mir, dass er in der vergangenen Nacht eine Vision hatte. Er hatte geträumt, dass jemand aus eurer Gruppe einen Versuch unternehmen würde, mich zu töten. Und als hätte ich das nicht auch schon geahnt – er hatte tatsächlich recht! Einer von euch Bastarden hatte das tatsächlich vor! Weißt du, was ich getan habe, Daryl? Als bescheidenes Zeichen meiner Wertschätzung lud ich meinen Nachtwächter ins Freie ein und stellte ihm meine Lucille vor. Sie verstanden sich prächtig! Und weißt du, warum ich dir das erzähle? Ich gebe dir hier absolut kostenlos ein paar Ratschläge! Können Sie mir erklären, Mister Dixon, warum ich den Kopf dieses Mannes zu Brei geschlagen habe?«

Lösung auf Seite 224

128 DER ERLÖSER

TEIL 2

»Was hat ein Herz und keine anderen Organe, Dr. Klugscheißer?«

»Ein Kartenspiel?«

»Nein, die Antwort lautet: Rory. Nun, vielleicht ist noch ein bisschen von seiner Milz übrig.«

»Darf ich frech sein und eine offensichtliche Frage stellen: Wer zum Teufel ist Rory?«

»Ich habe ein Exempel an ihm statuiert, und ich schätze, ich werde das jetzt wieder tun, verstehst du? Oh Eugene, ich stehe UNTER STROM! Aber im Ernst: Nerv mich nicht, nur weil du zu viel Spaß hast. Ich möchte deine große, schöne Melone nicht zu Brei schlagen, was ich zweifelsohne ohne jedes Zögern tun würde. Naja, vielleicht würde ich mir doch ein wenig mehr Zeit lassen, um nachzuschauen, was da alles in deinem zweifellos famosen Gehirn drin ist.«

»Bei allem Respekt ...«

»Ja, stimmt genau. ›Bei allem Respekt, Negan.‹ Du darfst mich jederzeit unterbrechen, aber ich bin nicht hier, um ein Pläuschchen mit dir zu führen. Ich brauche deine Hilfe. Ich möchte etwas an einem Außenposten an Simon übergeben. Du wirst Verständnis dafür haben, dass ich dir nicht verrate, was es ist – aber es ist definitiv nicht das Herz eines meiner Feinde. Dwight soll als Kurier fungieren. Das einzige Problem bei diesem eleganten Plan ist, dass ich davon ausgehe, dass der neugierige Dwight das Paket öffnet, und ich möchte die Überraschung nicht verderben. Ich habe eine Kiste, mehrere Schlösser und Schlüssel, aber wenn ich Simon eine verschlossene Kiste schicke, kann er sie nicht öffnen. Und wenn ich Dwight den Schlüssel mitgebe, wird er die Kiste sicherlich öffnen, selbst wenn ich ihm drohe, auch noch die andere Seite seines Gesichts zu verunstalten. Was also kann ich tun, um dieses süße Paket, in dem sich absolut und garantiert kein menschliches Herz befindet, zu Simon zu transportieren, damit er es öffnen kann, um vor Schreck total auszuflippen?«

Lösung auf Seite 224

VERWESTE

129 DER ERLÖSER

TEIL 3

»Daryl, bist du da? Was sage ich, natürlich bist du da! Wenn du es irgendwie schaffen würdest, eine Runde im Park zu drehen, wäre ich mächtig beeindruckt – ich meine, ich war noch kein einziges Mal in diesem Park, dabei bin ich im Grunde der König aller mittelatlantischen Staaten. Um ehrlich zu sein, habe ich es nur bis zum Donut-Laden geschafft. Es war geschlossen und ich war an diesem Tag kein glücklicher Kunde. Und du rennst wie ein treuer, doofer Hund durch den Park. Na ja, vielleicht bin ich in dieser Geschichte der Idiot. Egal. Ich schweife ab.

Etwas Komisches ist passiert und ich meine nicht ›komisch‹ wie damals, als ich deinen Freund erschlagen habe, nur weil du mir eine verpasst hast. Irgendjemand hier hat meine Frau Amber geküsst. Der Beweis liegt klar auf der Hand, denn wenn sie mich ansieht, hat sie noch mehr Hass in ihren Augen als sonst. Ich und meine Lucille, bewaffnet mit diesen Informationen, sammelten einige Verdächtige zusammen, und weißt du was? Sie flippten aus! Ich meine wirklich ausgeflippt, Daryl, es war peinlich. Ich hoffe, dass du ein wenig mehr Selbstachtung bei deiner Hinrichtung zeigst! Zumindest deine beiden Freunde haben das ja ganz anständig hinbekommen. Also, ich fange an, mit Lucille herumzufuchteln und kriege ein paar sehr interessante Informationen. Dr. Carson springt sofort auf und sagt, dass er es nicht war, sondern Fat Joey. Fat Joey – ich fürchte, sein Körperfett steigt ihm langsam in die Birne – behauptet, dass Dr. Carson es nicht getan habe, sondern dass Gavin es gewesen sei. Obwohl Gavin gar nicht nach seiner Meinung gefragt wurde, behauptet der, Fat Joey habe es nicht getan und dass er es war, der Amber geküsst hat. Ich dachte schon, endlich ist es vorbei, Himmel und Negan sei's gepriesen, aber James wollte auch noch seinen Senf dazugeben und erklärte, Gavin sei unschuldig und Dr. Carson der Verführer. Verständlicherweise bin ich jetzt etwas ratlos. Ich bin sicher, jeder dieser Idioten sagte etwas Wahres und etwas Falsches. Wie dein Kumpel, erinnerst du dich noch?

Daryl, du bist so ziemlich die einzige Person, die es nicht gewesen sein kann, es sei denn, du hast es mit Amber in den Park geschafft. Also sag mir: Wer hat meine Frau geküsst?«

VERWESTE

Lösung auf Seite 224

130 IMMER WEITER

Rick Grimes glaubte immer noch, dass die Welt ein Ort der Freude sein könnte. Sie hatten gekämpft und gewonnen. Die Saviors hatten sich zurückgezogen. Das Königreich und Hilltop hatten Seite an Seite als Verbündete und Freunde gekämpft. Ja, es würden sicher noch mehr Kämpfe auszufechten sein. Es würde schlimmer kommen, vielleicht aber auch besser. Noch war Alexandria nicht gefallen.

Es wurde Zeit, sich zu verabschieden. Maggie wurde in Hilltop gebraucht; sie fingen dort gerade erst an. Sie umarmte Rick noch einmal, lächelte und klopfte ihm auf die Schulter.

»Hey Rick!«
»Ja, Maggie?«
»Was ist das? Du kannst es nicht sehen, aber es liegt vor dir?«

Lösung auf Seite 224

LÖSUNGEN

KEHR UM! TEIL 1

Rick sollte zum Highway zurückgehen. Wenn der Weg nach links oder der Weg nach rechts die sichere Route wäre, wären die drei Warnungen wahr, wenn aber der Highway die richtige Route ist, sind alle drei Warnungen falsch.

KEHR UM! TEIL 2

Nein, das kann er nicht schaffen. Wenn Rick mit 30 Meilen pro Stunde fährt, verbraucht er jede Stunde 1,5 Gallonen Kraftstoff. Durch das Leck verliert er zusätzlich eine halbe Gallone, sodass der Wagen insgesamt zwei Gallonen pro Stunde verbraucht. Mit seinen zehn Gallonen kann Rick maximal fünf Stunden fahren und bei einer Geschwindigkeit von 30 Meilen pro Stunde maximal 150 Meilen zurücklegen.

KEHR UM! TEIL 3

Ein Reiter auf seinem Pferd

MUNITIONSSUCHE

GANZ TIEF UNTEN

Es ist unmöglich, ein halbes Loch zu graben. Auch zur Hälfte gegraben, ist es bereits ein Loch.

QUAL DER WAHL

Carl sollte den Raum auswählen, in dem sich der Tiger befindet, da dieser inzwischen verhungert sein sollte.

VERSTECKTES BILD

Das Bild zeigt einen blutigen Handabdruck.

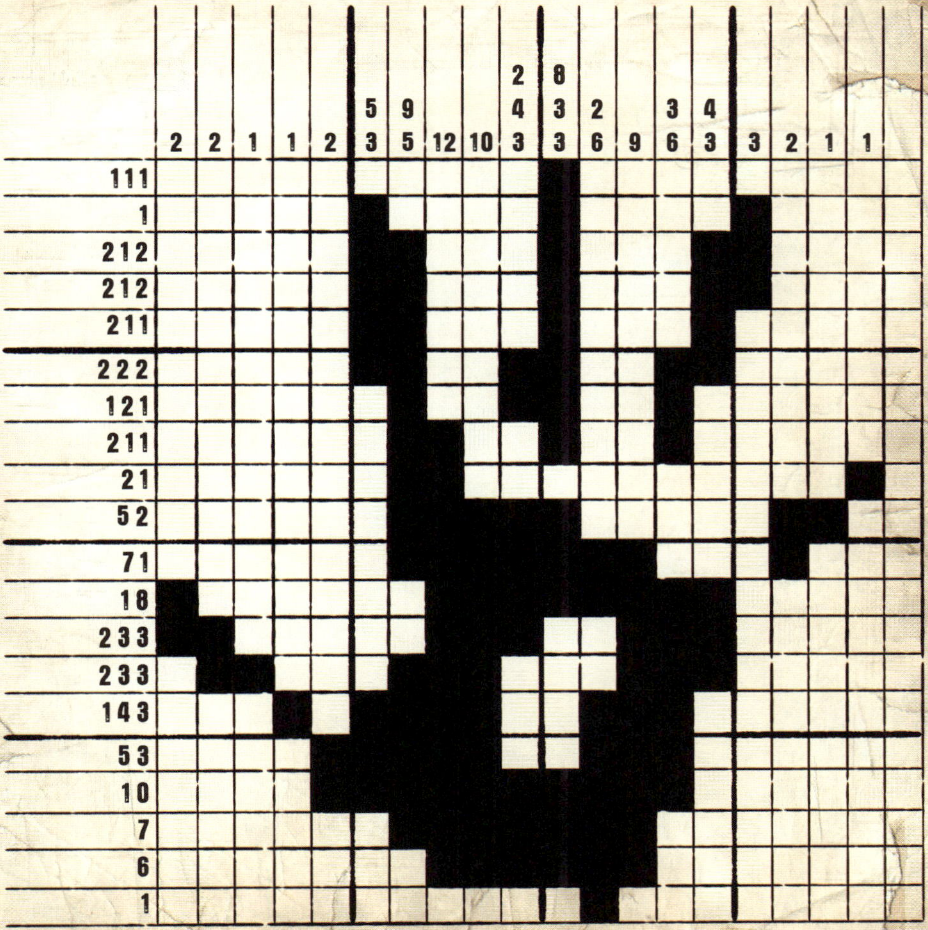

GEZÄHLTE TAGE

Dale hat am Montag keinen Streuner erschossen. Er erschoss am Dienstag drei, am Mittwoch sechs, am Donnerstag neun, und am Freitag ein Dutzend, sodass insgesamt 30 Streuner getötet wurden.

DAS UNTOTEN-QUIZ - STAFFEL 1 EINFACH

1. Frank Darabont
2. Hilfssheriff
3. Duane, der Sohn von Jenny und Morgan Jones
4. Fotos und andere persönliche Gegenstände
5. »Schwachkopf« (im Original: »Dumbass«)
6. Frösche
7. Sie haben für die überlebenden Bewohner eines Pflegeheims gesorgt.
8. Shane
9. Blutige Handschellen, eine Säge und Merles amputierte Hand
10. Er sagt ihm, dass alle in der Gruppe den Erreger in sich tragen und sich in Untote verwandeln werden.

DAS UNTOTEN-QUIZ – STAFFEL 1 SCHWIERIG

1. »DONT OPEN DEAD INSIDE« (»NICHT ÖFFNEN, TOTE DAHINTER«)
2. Jenny
3. Ein Baseballschläger
4. King County
5. Eine Meerjungfrauenhalskette
6. Andrea wurde beigebracht, Nassköder zu verwenden, Amy benutzt Trockenköder.
7. Center for Disease Control and Prevention (in der deutschen Version: Zentrum für Seuchenkontrolle)
8. Candace, Dr. Jenners Ehefrau
9. Frankreich
10. Daryl, Merle und T-Dog

AUF DER STRASSE TEIL 1

Die Gruppe war zwölf Tage lang unterwegs.

AUF DER STRASSE TEIL 2

Weder Carl noch Sophia hatten jemals einen Streuner getötet: Null multipliziert mit null ergibt null.

AUF DER STRASSE TEIL 3

Leider gibt es keine klare Antwort auf diese Frage. Die Aussage führt zu einer Endlosschleife: Sein Bruder argumentiert, wenn Dale nicht hereingelegt worden sei, hätte er nicht das bekommen, was er erwartet hatte, daher wurde er getäuscht. Ebenso könnte man sagen, wenn Dale hereingelegt worden wäre, hätte er tatsächlich das bekommen, was er erwartet hatte, also ist er gar nicht hereingelegt worden. Ein Hauptproblem ist, dass die ursprüngliche Erklärung seines Bruders, ihn zum Narren zu halten, mehrdeutig ist und dass der Teufelskreis ohne weitere klare Regeln unbegrenzt fortgesetzt werden kann. Vielleicht ist es besser, stattdessen die Botschaft zu erkennen, die Dale Daryl mitteilen wollte: Die Vorstellung, dass ältere Brüder zu einer besonders gerissenen Art von Bosheit fähig sind.

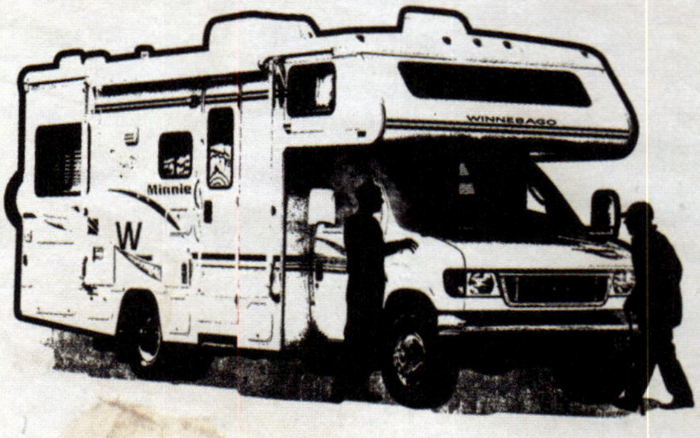

TÖDLICHES ZIEL 1

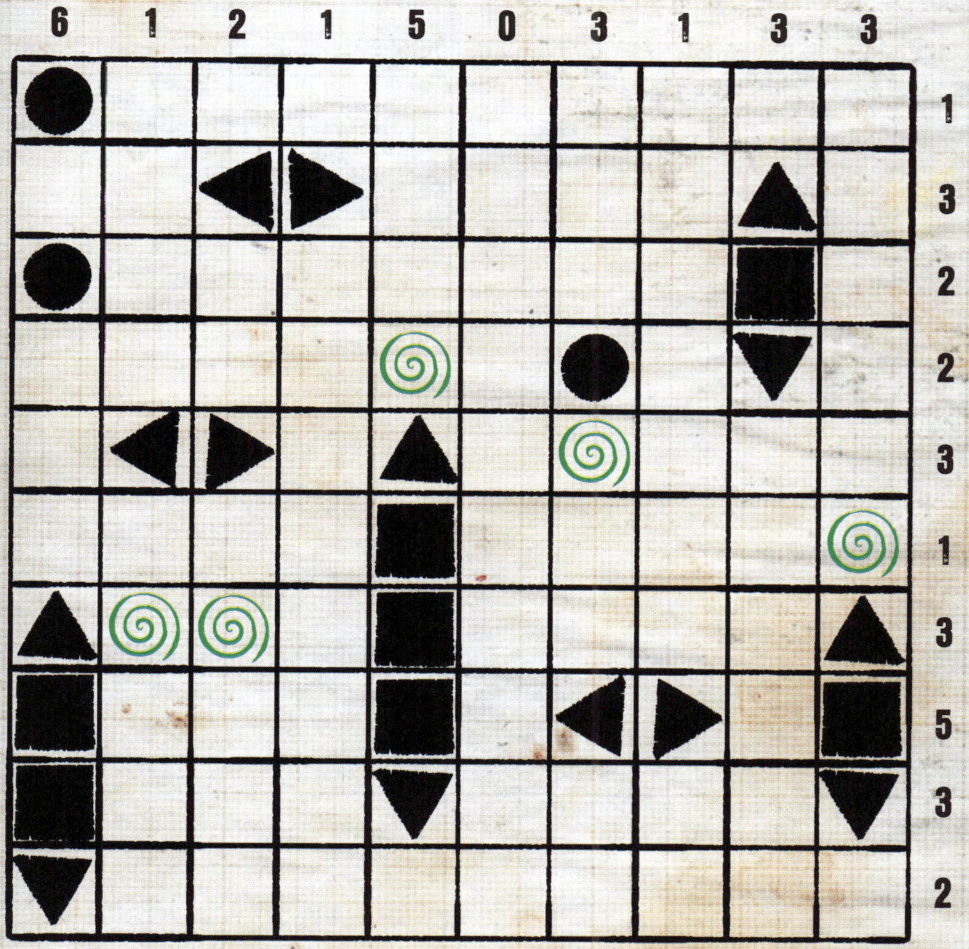

FLASCHENSCHIESSEN TEIL 1

Andrea hatte die beste Trefferquote, gefolgt von Patricia, Jimmy und Carl als Letztem.

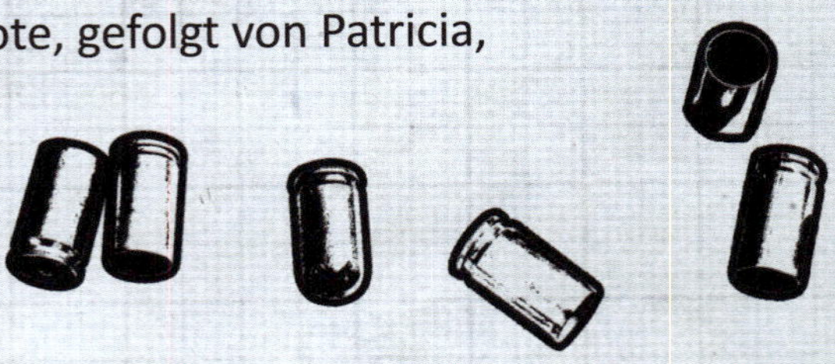

FLASCHENSCHIESSEN TEIL 2

Beth könnte einem in der Gruppe die Kiste mit dem letzten Pfirsich darin geben.

GEISTERJAGD

Daryl kletterte 4½ Stunden lang aufwärts und brauchte für den Abstieg 1½ Stunden, also waren es 6¾ Meilen bis zur Hügelkuppe.

ORIENTIERUNGSLOS

GESUNDHEITSPROBLEME

Carl sagte: »Du wirst mir keine Silber- oder Bronzemedaille geben.«

DAS UNTOTEN-QUIZ – STAFFEL 2 EINFACH

1. Robert Kirkman
2. Sie schaut auf eine Straßenkarte und dabei einen Streuner an, bevor sich der Wagen überschlägt.
3. Otis
4. Einen Schwangerschaftstest
5. Dale
6. Er tut das, um zu verbergen, dass ihm Otis ein Haarbüschel ausriss, bevor er ihn umbrachte.
7. Die Taschenuhr seines Großvaters
8. Sein Bruder Merle
9. In der Scheune
10. Carl lässt ihn unbeabsichtigt aus dem Sumpf entkommen.

DAS UNTOTEN-QUIZ – STAFFEL 2 SCHWIERIG

1. »Officer shot«
2. Den Chupacabra
3. Die nervöse Nelly
4. Beide haben die Blutgruppe A positiv.
5. Theodore Douglas
6. Eine Cherokee-Rose
7. Ein Anhänger mit der Zahl 22
8. Dave und Tony
9. Er schneidet sich mit einem Metallstück von einer Autotür.
10. »The Case of the Missing Man« von Jimmie Herron

MODERNE ROMANZE TEIL 1

Sein Schatten

MODERNE ROMANZE TEIL 2

Beide haben einen Titel.

SAFEKNACKEN 1

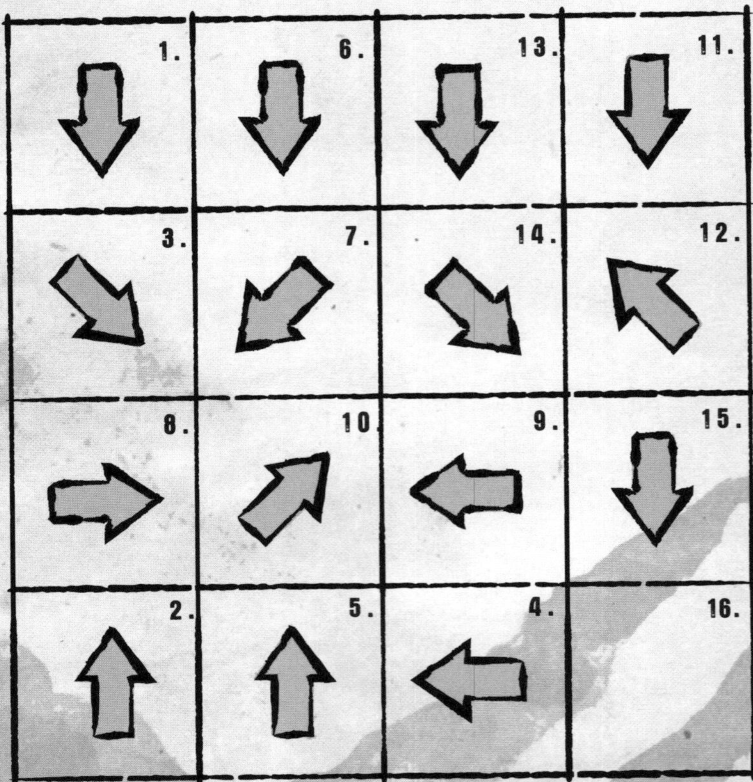

DIE LETZTE FARM TEIL 1

Hershel brauchte 40 Pfosten.

DIE LETZTE FARM TEIL 2

Die schwarzen Kühe produzierten die meiste Milch. Angenommen, die erste Gruppe von Kühen besteht aus 20 braunen und 15 schwarzen Kühen, die über einen Tag gemolken werden. Die zweite Gruppe besteht aus zwölf braunen und 20 schwarzen Kühen. Daraus ergibt sich die Formel: 20 Braune + 15 Schwarze = Zwölf Braune + 20 Schwarze. Daraus resultiert: Acht Braune = Fünf Schwarze. Man bräuchte also 1,6 braune Kühe, die genauso viel Milch produzieren wie eine schwarze Kuh.

DIE LETZTE FARM TEIL 3

Wenn fünf Personen fünf Kisten in fünf Minuten packen können, könnten diese fünf Personen auch eine einzige Kiste in einer Minute packen. Daher könnten fünf Personen 50 Kisten in 50 Minuten packen.

BÖSER COP

Inklusive Randall bestand die Gruppe aus fünf Personen.

FINDE DIE UNTERSCHIEDE 1

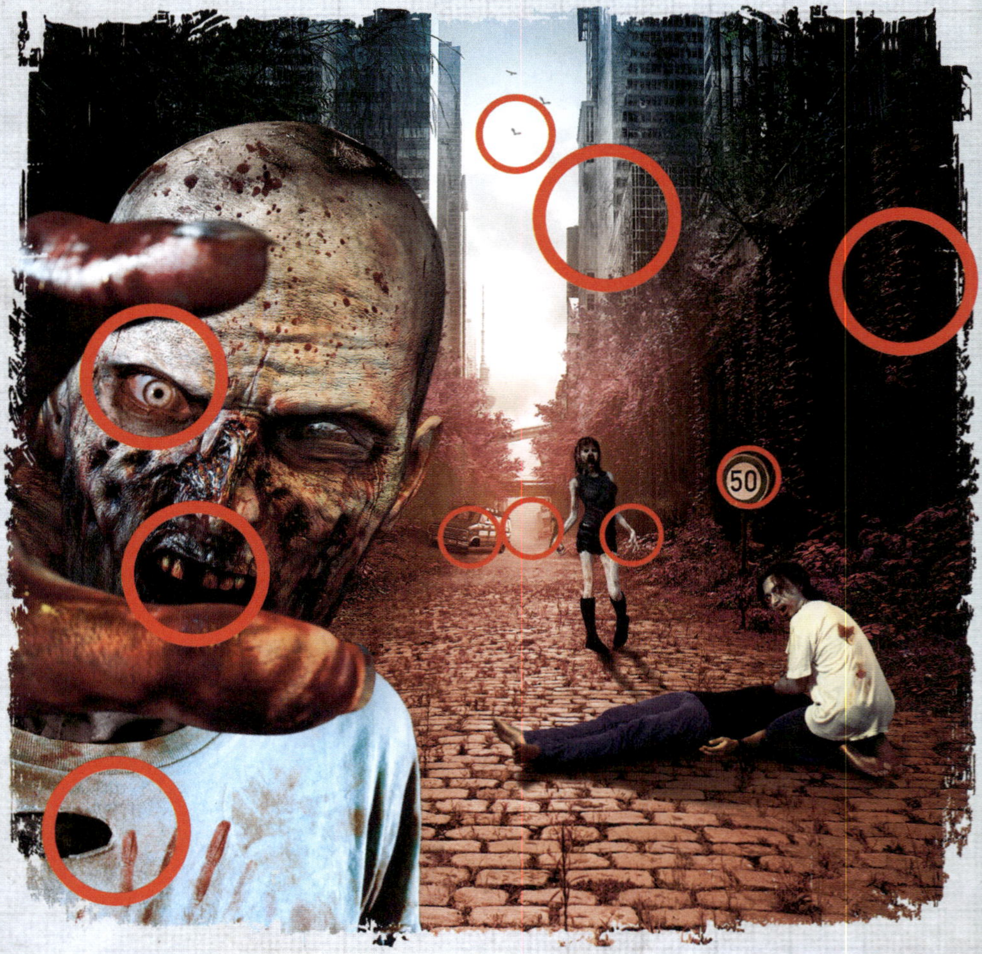

TOTE ZÄHLEN

Es befanden sich mindestens 15 Untote in der Scheune. Drei von Hershels Familie, fünf vom benachbarten Bauernhof, sechs, die er aus der Kirche kannte, und natürlich Sophia.

EINZELHAFT TEIL 1

Ein Fluss

EINZELHAFT TEIL 2

Eine Zwiebel

EINZELHAFT TEIL 3

Eine Leiche (römisch 50 = L + Eiche)

EINZELHAFT TEIL 4

Die Frage sollte lauten: »Wenn ich den anderen Wächter fragen würde, ob er vor dem Ausgang steht, der in die Freiheit führt, würde er mit ›Ja‹ antworten?« Fragt man den wahrheitssagenden Wächter und steht dieser vor dem Ausgang in die Freiheit, lautet seine Antwort »Ja«. Steht der gleiche Wächter vor dem Ausgang, der nicht in die Freiheit führt, lautet seine Antwort »Nein«. Steht der Lügner vor dem Ausgang in die Freiheit, lautet seine Antwort »Ja«, steht er vor dem Ausgang, der nicht in die Freiheit führt, würde er mit »Nein« antworten. Man wählt also den Ausgang, wenn der davor befindliche Wächter mit »Ja« antwortet.

VERSTECKTES BILD 2

Er bereitet sich darauf vor, jemanden zu erschießen. Oder etwas …

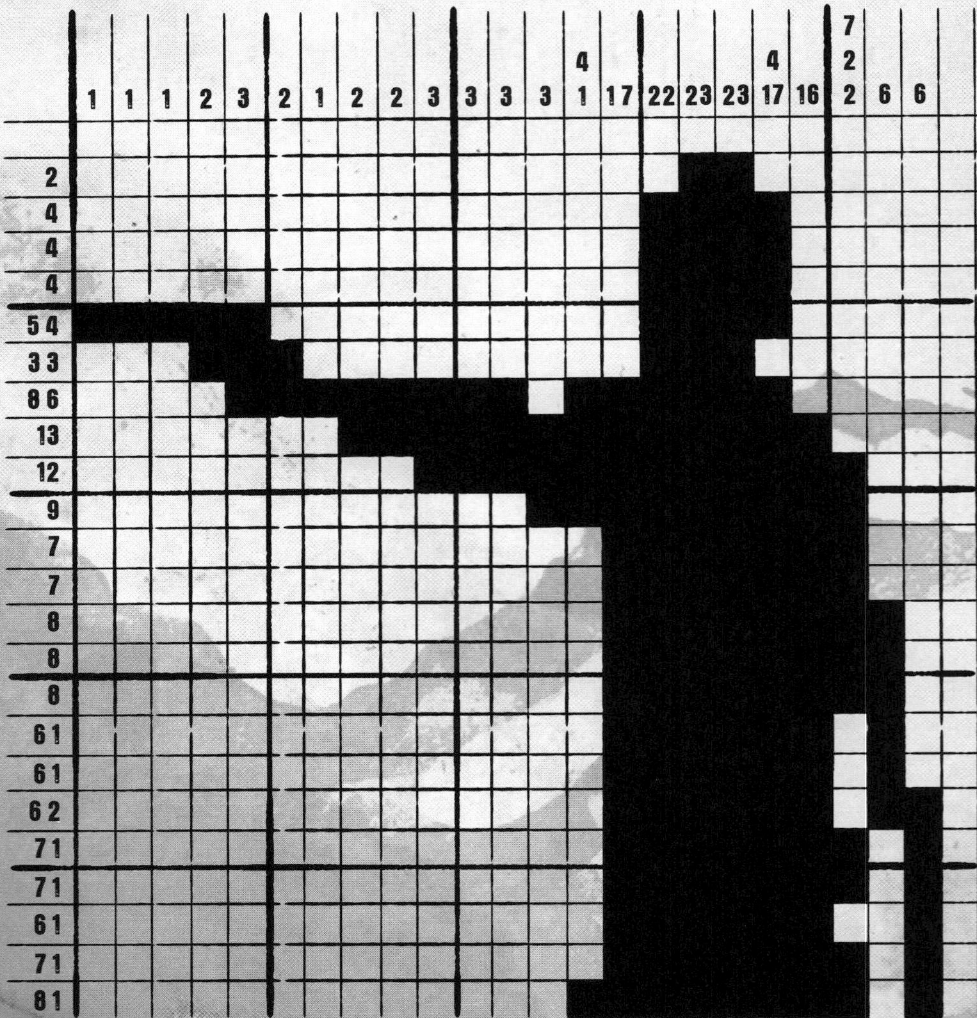

TODESURTEIL

Der Governor hat Josh erschossen.

DIE GROSSE FRAGE

Carol hatte recht: Wenn nichts besser ist als ewiges Glück und Schokolade besser als nichts ist, muss Schokolade besser sein als ewiges Glück.

ZUG VERPASST

Die beiden Züge haben exakt die gleiche Entfernung von Atlanta, wenn sie sich treffen.

SAFEKNACKEN 2

16.	8. ↘	6. →	7. ←
13. ↓	15. ↖	12. ←	2. ↙
14. ↗	4. →	5. ↑	9. ↙
11. ↗	3. ↑	10. ←	1. ↑

DAS UNTOTEN-QUIZ – STAFFEL 3 EINFACH

1. Hershel (sein Bein wurde amputiert, nachdem er gebissen worden war)
2. Sie will vor der Geburt von Lori einen Kaiserschnitt üben.
3. Seine untote Tochter Penny und drei Aquarien mit Streunerköpfen.
4. Um ein Familienfoto der Grimes zu holen
5. Philip Blake
6. Shane
7. Michonne sticht ihn mit einem Glassplitter ins Auge.
8. Kleine Nervensäge (im Original: Little Ass Kicker)
9. Inszenierte Kämpfe zwischen Menschen und Streunern
10. Milton

DAS UNTOTEN-QUIZ – STAFFEL 3 SCHWIERIG

1. Anwältin für Bürgerrechte
2. Der rechte Arm
3. »The Parting Glass«
4. Nach Big Tinys Zählung 292 Tage, nach Axels Zählung 294 Tage.
5. Durch einen Autounfall
6. »BEISSER«
7. Noah
8. Zellenblock C
9. »It could happen to You« (»Es könnte auch dir passieren«)
10. Er findet einen Streuner, der einen Verlobungsring trägt, und schneidet ihm zwei Finger ab.

DIE FESTIVITÄTEN TEIL 1

Auf dem zweiten Platz

DIE FESTIVITÄTEN TEIL 2

Little würde auch das zweite Rennen gewinnen. Bei 90 Metern wäre er an der gleichen Position wie Large und beide hätten die gleiche Distanz wie im ersten Rennen zurückgelegt; Little wäre aber im letzten Abschnitt schneller.

DIE FESTIVITÄTEN TEIL 3

Little überrundet Large zwölf Minuten nach dem Start.

ALARMIERT

LANGSAMER WEG

Die Apotheke ist 18 Meilen vom Gefängnis entfernt.

Wenn x der Abstand zwischen den beiden Orten ist, fuhr Daryl x/9 Stunden mit dem Motorrad und ging x/3 Stunden zu Fuß, was bedeutet, dass x/9 + x/3 = 8 ist. Daraus resultiert: x = 18.

NEUE FREUNDE

Der Governor hatte die Reservisten ermordet, indem er vergiftete Eiswürfel benutzte. Er hatte seinen Drink schon geleert, bevor das Eis geschmolzen war.

TÖDLICHES ZIEL 2

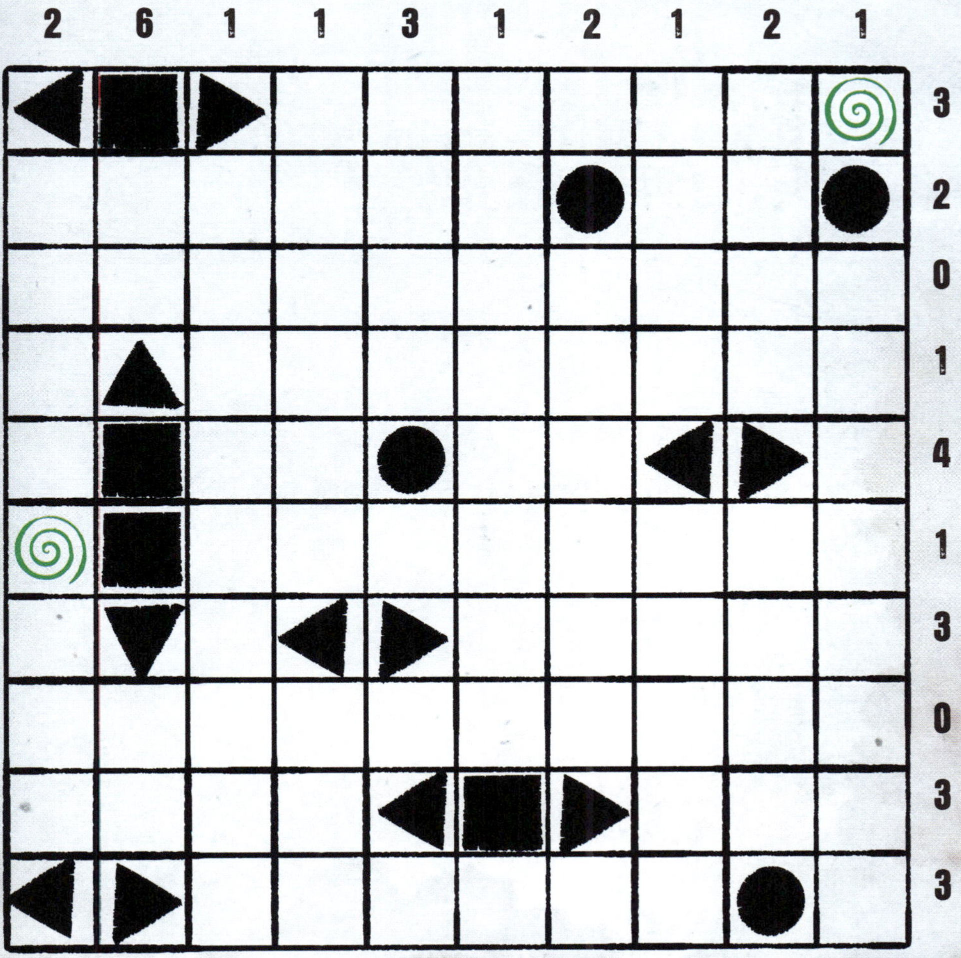

KOPFKISSENPROBLEME TEIL 1

Die Nase

KOPFKISSENPROBLEME TEIL 2

1. Einen Teppich
2. Das Gleichgewicht
3. Morgen

FRIEDHOFSRUHE

Sasha arbeitete von 6 bis 12 Uhr und von 18 bis 24 Uhr, Maggie von Mitternacht bis 6 Uhr und von 10 bis 16 Uhr, Carol von 4 bis 10 Uhr und von 16 bis 22 Uhr, und Glenn arbeitete von Mittag bis 18 Uhr und von 22 bis 4 Uhr.

RÜCKBLICKEND BEUNRUHIGEND

Lizzie ist zwölf Jahre alt.

FINDE DIE UNTERSCHIEDE 2

DREI FRAGEN TEIL 1

Beide Frauen sagten die Wahrheit. Wenn die erste Frau eine Lügnerin gewesen wäre, wäre ihre Aussage falsch gewesen, und so hätte sie nicht fälschlicherweise behaupten können, eine Lügnerin zu sein. Dies bedeutet, dass ihre Aussage wahr ist und demnach auch die zweite Frau nicht lügt.

DREI FRAGEN TEIL 2

Daryl rettete den zweiten Mann und ließ die beiden anderen zurück.

Der erste Mann muss ein Lügner gewesen sein, denn wenn er kein Lügner wäre, würde er die Wahrheit sagen, wenn er behauptet, ein Lügner zu sein, was jedoch unmöglich ist. Da er also ein Lügner ist, ist seine Aussage falsch und es gibt mindestens einen weiteren Nicht-Lügner in der Gruppe. Wäre der zweite Mann auch ein Lügner, müsste der dritte Mann ein Nicht-Lügner sein, was die Aussage des zweiten Mannes wahrheitsgetreu und somit unmöglich machen würde. Deshalb sagt der zweite Mann die Wahrheit, was bedeutet, dass der dritte Mann ein Lügner ist.

DREI FRAGEN TEIL 3

Michonne nahm Edwin nicht ins Gefängnis mit.

Wenn Amanda die Wahrheit gesagt hätte, wäre ihre Aussage, dass Lauren eine Lügnerin ist, wahr, und somit die Aussage von Lauren falsch. Das bedeutet, dass Amanda und Edwin nicht beide Lügner oder beide Nicht-Lügner sein können. Daher wäre Edwin ein Lügner, weil Amanda keine Lügnerin ist.

Aus einer anderen Perspektive: Wenn Amanda eine Lügnerin ist, ist ihre Aussage, dass Lauren eine Lügnerin ist, falsch und daher sagt Lauren die Wahrheit. Wenn Lauren die Wahrheit sagt, müssen Amanda und Edwin entweder Lügner oder Nicht-Lügner sein, und da Amanda eine Lügnerin ist, muss auch Edwin ein Lügner sein. Egal, ob Amanda lügt oder nicht, Edwin muss in beiden Fällen ein Lügner sein.

VERSTECKTES BILD 3

Das Bild zeigt eine Axt.

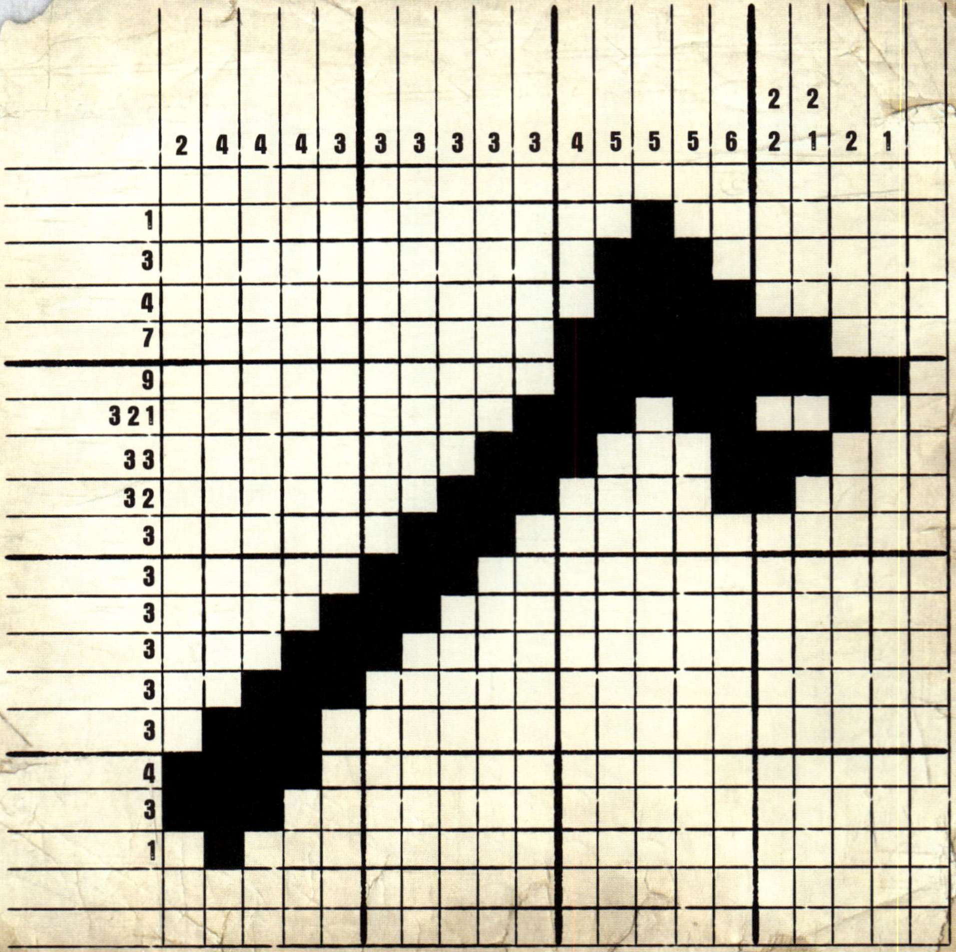

SEIN BESTES SELBST

Daryl hatte die meisten Menschen gerettet, gefolgt von Michonne, Rick und Bob.

SAFEKNACKEN 3

DAS UNTOTEN-QUIZ - STAFFEL 4 EINFACH

1. 30 Tage
2. Den Umgang mit Messern
3. Als »Dr. S«
4. Eine Flasche Whisky
5. Lizzie
6. Eine Handfeuerwaffe
7. Die beiden sind ihr früherer Freund Mike und sein bester Freund Terry.
8. Hershel, Carol, Sasha, Glenn und Daryl
9. Als Wissenschaftler bei einem humangenetischen Projekt
10. Hershel

DAS UNTOTEN-QUIZ - STAFFEL 4 SCHWIERIG

1. Das Schwein Violet
2. Sauerstoffflaschen für ihren Vater
3. Eine Dose Schokoladenpudding
4. Polizist beim Morddezernat
5. In einem Pekannusshain
6. Brian Heriot
7. Pfirsichschnaps
8. Griselda Gunderson
9. Karen und David
10. Um ein halbes Kaninchen

SCHULD DES ÜBERLEBENDEN

Neben Bob bestand die Gruppe aus einer Frau, ihrer Tochter und ihrer Enkelin: zwei Mütter und zwei Töchter – drei Personen, drei Gewehre.

LANGWEILIGES SPIEL

Bevor sie aufhörten, spielten Tara und Lilly neun Spiele. Zuerst gewann Tara drei Mal und gewann drei Cent. Lilly gewann dann die drei Cent mit drei weiteren Spielen zurück und schließlich gewann Tara weitere drei Runden, um die Summe von drei Cent wiederzubekommen. Es war unklar, wofür sie ihren Gewinn ausgeben würde.

JACKSONVILLE, VOR LANGER ZEIT

Der Lkw-Fahrer war zu Fuß unterwegs.

ENDSTATION

HÄNGEPARTIE

Eugene hat recht. Die vier Mitglieder der Gruppe können die Brücke innerhalb von 15 Minuten mit der folgenden Strategie überqueren:

Zeit	Aktion	Startseite der Brücke	Zielseite der Brücke
0 Minuten		Abraham, Rosita, Rex, Eugene	
2 Minuten	Rosita und Abraham überqueren die Brücke (2 Min.)	Rex, Eugene	Abraham, Rosita
3 Minuten	Abraham kommt zurück (1 Min.)	Abraham, Rex, Eugene	Rosita
11 Minuten	Rex und Eugene überqueren die Brücke (8 Min.)	Abraham	Rosita, Rex, Eugene
13 Minuten	Rosita kommt zurück (2 Min.)	Abraham, Rosita	Rex, Eugene
15 Minuten	Abraham und Rosita überqueren die Brücke (2 Min.)		Abraham, Rosita, Rex, Eugene

AUF DER FLUCHT TEIL 1

Eine Landkarte

AUF DER FLUCHT TEIL 2

Strümpfe

AUF DER FLUCHT TEIL 3

Wenn die Kerze im Gedenken an einen verstorbenen Ehemann angezündet wird.

UNTER KANNIBALEN

Sasha sagte: »Du wirst mich in einem Topf kochen«, wodurch sie ein Paradoxon schuf, das die Kannibalen daran hinderte, eine dieser Maßnahmen zu ergreifen.

WO IST EIN AUSWEG?

Anstatt einen Tunnel zu graben, plant Tyreese, die Erde auszuheben und an der Wand aufzuhäufen, bis er das Fenster erreichen kann.

SAFEKNACKEN 4

1. ↓	6. ↓	4. →	5. ←
2. ↘	11. →	13 ↙	12. ←
9. →	14. →	10. ↖	15. ↓
8. ↑	7. ←	3. ↑	16.

1434 MEILEN TEIL 1

Eugene behauptet, 30 Jahre alt zu sein, obwohl das gelogen ist.

1434 MEILEN TEIL 2

Das Wasser wird die oberste Sprosse der Leiter gar nicht erreichen, denn mit Einlaufen der Flut hebt sich auch das Boot und das Wasser bleibt stets auf dem Pegel der unteren Sprosse.

1434 MEILEN TEIL 3

In Anteilen ausgedrückt, gibt es 40 von 60 Streunern ohne Arme, 45 von 60 mit Löchern im Bauch und 48 von 60 mit fehlenden Füßen. Wenn man 40, 45 und 48 addiert und zweimal 60 abzieht, ist das Ergebnis 13, was die Mindestanzahl für jeweils 60 Streuner ist. Weil die Mindestanzahl der Streuner, die alle drei Verletzungen haben, 26 beträgt, liegt die hypothetische Gesamtanzahl von Streunern bei 120.

1434 MEILEN TEIL 4

Eugene hatte sieben Raviolidosen, als er den Mann zum ersten Mal traf. Als er zum ersten Mal den Fluss durchquerte, verdoppelte sich die Anzahl der Dosen auf 14, nach der Bezahlung waren es nur noch sechs. Er durchquerte den Fluss erneut und die Anzahl verdoppelte sich auf zwölf, wobei nach der Bezahlung vier übrig blieben. Als er zum dritten und letzten Mal den Fluss durchquerte, verdoppelte sich die Anzahl der Dosen auf acht, die er komplett als Bezahlung abgeben musste.

SLABTOWN

ROLLENSPIELE

Noah war der Reiniger, Arthur der Koch, John der Assistent von Dr. Edwards und Percy der Portier.

GIERIGE FINGER

Denise hatte eine Kiste Gemüse plus ein Neuntel einer Kiste bestellt. Nachdem Olivia sich ihren Anteil genommen hatte, blieb für sie genau eine Kiste übrig.

DAS UNTOTEN-QUIZ – STAFFEL 5 EINFACH

1. Er war von einem Streuner gebissen worden, und die Kannibalen aßen nun »verdorbenes Fleisch«.
2. Sie war Kongressabgeordnete von Ohio.
3. Tobin
4. »Dafür wirst du brennen« (im Original: »You'll burn for this«)
5. Rick und Michonne
6. Daryls Motorradjacke mit den Engelsflügeln
7. Wasserflaschen
8. So kann sie einen Riegel essen und mit dem anderen Kekse backen.
9. Rick
10. Gabriel

DAS UNTOTEN-QUIZ – STAFFEL 5 SCHWIERIG

1. Shirewilt Estates
2. Die Zerstörung ihrer Eulenskulptur
3. Seth Gilliam (Gabriel), Chad L. Coleman (Tyreese) und Larry Gilliard Jr. (Bob)
4. »Die Verleugnung des Petrus« von Caravaggio
5. In einem Mixer
6. Eine Nudelmaschine
7. Buttons
8. Tennessee-Zylinder (im Original: Tennessee Top Hat)
9. Eine Spieluhr
10. Der Buchstabe »A«

VERDAMMTE KIDS TEIL 1

»Ich warte, bis es Nacht ist und kann dann durch den Raum mit der Lupe entkommen.«

VERDAMMTE KIDS TEIL 2

Das Wort »und«

TÖDLICHES ZIEL 3

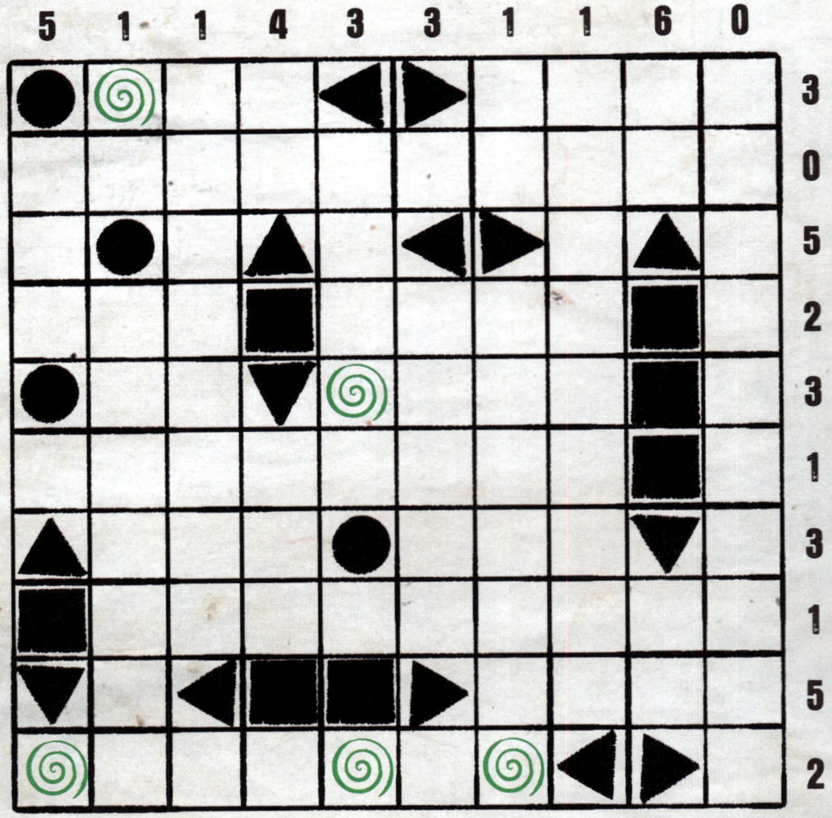

IN DER GRUBE

Nach neun Tagen konnte der Streuner aus dem Graben entkommen. Er krabbelte mit einer Geschwindigkeit von einem Fuß pro Tag und Nacht: Nach acht Tagen und Nächten hatte er sich um acht Fuß nach oben bewegt, und am neunten Tag krabbelte er die restlichen vier Fuß nach oben und floh. Kurz darauf traf er auf Michonne und ihr Schwert, wodurch sich die ganze Angelegenheit erledigt hatte.

SÄUBERUNGSAKTION

Michonne und Rick brauchten sechs Minuten und vierzig Sekunden, um vierzig Streuner zu töten. Michonne tötet in einer Geschwindigkeit von vier Streunern pro Minute und Rick in den etwas weniger beeindruckenden zwei Streunern pro Minute.

VERSTECKTES BILD 4

Michonne

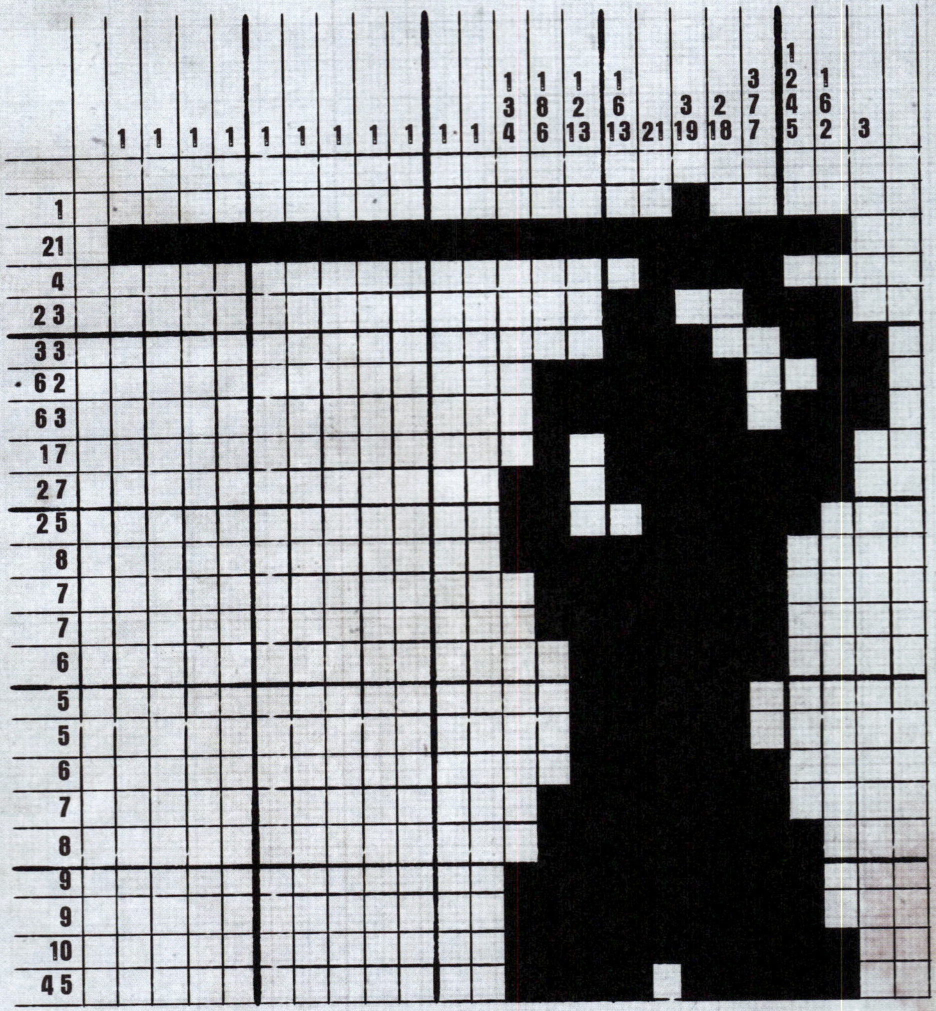

DIE HERDE HÜTEN TEIL 1

Es war Winter und der See war zugefroren.

DIE HERDE HÜTEN TEIL 2

»Macht es dir etwas aus?«

DIE HERDE HÜTEN TEIL 3

Der Mann war in einem Heißluftballon gereist, als das Fluggerät in Schwierigkeiten geriet. Nachdem sie ihre Kleidung abgelegt und über Bord geworfen hatten, stellten die Insassen des Ballons fest, dass sie immer noch zu schwer waren, und zogen Zahnstocher, um auszuknobeln, wer sein Leben opfern musste. Der Mann zog den kürzesten Zahnstocher und sprang in den Tod.

DIE NEUE WELT

PECHSTRÄHNE TEIL 1

Auf der Außenseite

PECHSTRÄHNE TEIL 2

Die Antwort auf das erste Rätsel lautet: »Ein Schwamm«. Die Antwort auf das zweite Rätsel ist: »Dazu ist er viel zu egoistisch.«

WÖLFE IN SICHT TEIL 1

Morgan sollte den Hinweis auf dem ersten Schild ignorieren und diesen Weg wählen. Wenn der zweite oder dritte Wegweiser die richtige Wahl wäre, wären alle drei Hinweise wahr. Wenn er den ersten Weg wählt, sind alle drei Hinweise falsch.

WÖLFE IN SICHT TEIL 2

Da Morgan die Richtung kennt, aus der er gekommen ist, musste er den Wegweiser nur wieder aufstellen und so ausrichten, dass die Zielangabe »Terminus« in die Richtung zeigt, aus der er gekommen ist.

WÖLFE IN SICHT TEIL 3

Wenn der dritte Weg sicher wäre, wären alle drei Hinweise wahr, und Morgan wusste, dass mindestens einer falsch ist. Wenn der zweite Weg sicher wäre, wären alle drei Hinweise unwahr, was ebenfalls nicht sein kann. Daher muss der erste Weg der sichere sein – die Hinweise für die ersten beiden Wege sind wahr und der Hinweis für den dritten Weg unwahr.

WÖLFE IN SICHT TEIL 4

Morgan konnte den dritten Weg als sicheren sofort ausschließen, weil dann beide Aussagen falsch wären. Die ersten Aussagen bei Hinweisschild eins und zwei stimmen überein, sie sind also entweder richtig oder falsch. Wenn beide falsch sind, müssten die jeweils zweiten Aussagen wahr sein, was nicht möglich ist, da sich die jeweils zweiten Aussagen widersprechen. Daher sind die ersten Aussagen für jedes Hinweisschild wahr, was bedeutet, dass der erste Weg nicht sicher sein kann und es der zweite sein muss.

SAFEKNACKEN 5

ÄRGER MACHEN

Die Antwort wäre Null. Alles, was mit Null multipliziert wird, ergibt Null.

DAS UNTOTEN-QUIZ – STAFFEL 6 EINFACH

1. In einem Steinbruch in der Nähe von Alexandria
2. Er versteckt sich unter einem Müllcontainer.
3. Autokennzeichen aus verschiedenen US-Bundesstaaten
4. Ein Museum
5. Sie sieht zehn grüne Ballons am Himmel.
6. Eine Schildkröte
7. Aikido
8. Ron schießt auf Rick, trifft aber Carl.
9. Pizzabote
10. Owen

DAS UNTOTEN-QUIZ – STAFFEL 6 SCHWIERIG

1. »Die Kraft des Friedens« (im Original »The Art of Peace«) des Aikido-Begründers Ueshiba Morihei
2. Aus dem kaputten Rücklicht eines Autos.
3. 18 Personen
4. St. Sarah's Episcopal Church
5. Mit Orangenlimonade (Crush Orange Soda)
6. Der Wachtturm
7. Er stiehlt Ricks Schlüssel und lenkt das Paar mit Feuerwerkskörpern ab.
8. Crighton Dallas Wilton
9. Sie schärft ein Kruzifix an Rosenkranzperlen und durchtrennt damit ihre Fesseln.
10. Er tötet einen lebenden Menschen.

DER FALSCHE MANN TEIL 1

Das Dienstmädchen beging die Tat. Sie konnte die Post nicht abgeholt haben, weil an einem Sonntag kein Postamt geöffnet ist.

DER FALSCHE MANN TEIL 2

Kal arbeitete 16⅔ Tage und hatte 13⅓ Tage »frei«.

DER FALSCHE MANN TEIL 3

Zwei Kerzen blieben übrig – in der Nacht waren die zehn, die nicht gelöscht worden waren, komplett heruntergebrannt.

FINDE DIE UNTERSCHIEDE 3

LEBEN ODER TOD?

Er sollte Eugene bitten. Da nur zwei Menschen in Alexandria als Friseur agierten, bedeutete dies, dass sie auch die Haare des jeweils anderen Friseurs schneiden mussten. Es wäre also besser für Carl, einen perfekten lockigen Haarschnitt von Eugene verpasst zu bekommen, als einen Vokuhila von Glenn.

SICHERER WEG TEIL 1

Jim hat die Granaten.

SICHERER WEG TEIL 2

Aaron tippte als kompletten Code die Ziffernfolge 401162 ein. Einige Ziffern haben segmentierte Bereiche: Bei den Ziffern 1, 2, 3, 5 und 7 gibt es keinen solchen Bereich, die Ziffern 4, 6, 9 und 0 haben jeweils einen und die 8 hat zwei dieser Bereiche. Bei der letzten Zahl 36224 gibt es zwei Bereiche (in der 6 und der 4), daher ist die letzte Ziffer des Codes eine 2.

SICHERER WEG TEIL 3

Ja, Daryl hatte recht. Der Mann wurde ermordet – wenn er sich selbst getötet hätte, hätte er das Band nicht zurückspulen können. Wer ihn getötet hat und warum, war jedoch ein Rätsel, auf das das Paar niemals eine Antwort bekommen sollte.

VERSTECKTES BILD 5

Das Bild zeigt einen Streuner.

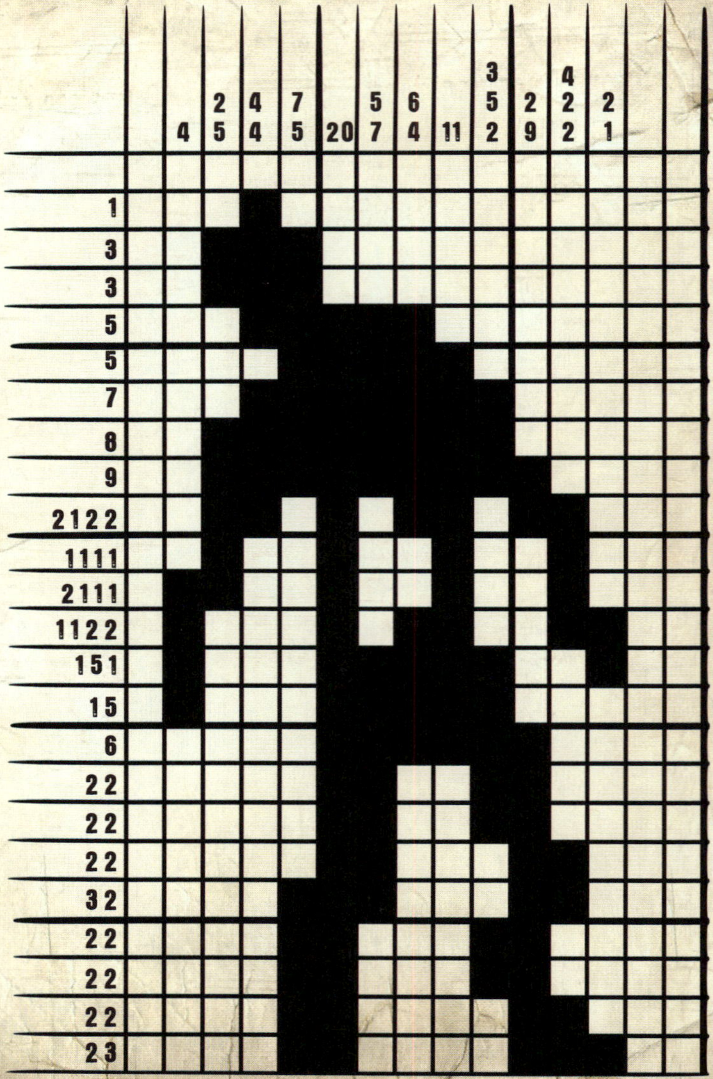

EIN STÜCK PAPIER

Die Finsternis

TÖDLICHES ZIEL 4

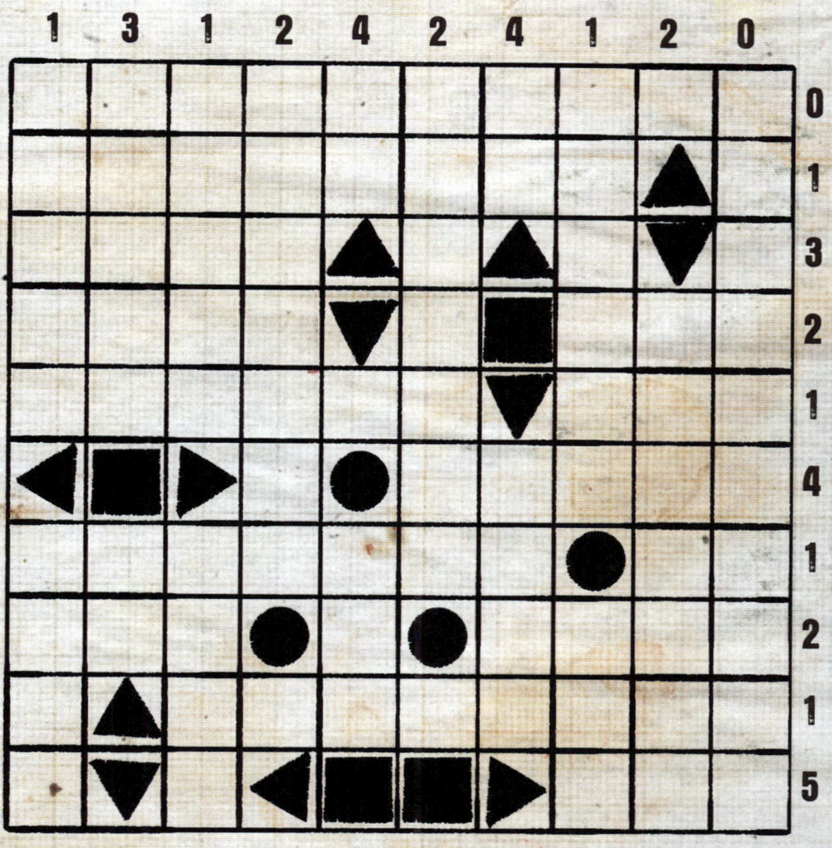

IN DEN MORGENSTUNDEN

Der erste Mann, dessen Antwort Gabriel nicht hören konnte, hätte nur sagen können, er sei nicht bewaffnet: Hätte er eine Waffe bei sich gehabt, wäre die Behauptung, unbewaffnet zu sein, eine Lüge gewesen, und auch wenn er die Wahrheit gesagt hätte, hätte er behauptet, unbewaffnet zu sein. Der zweite Mann behauptete dann, dass der erste Mann sich selbst als bewaffnet bezeichnete – eine Lüge, was bedeutet, dass er selbst bewaffnet ist. Der dritte Mann sagt die Wahrheit in Bezug auf den ersten Mann, was bedeutet, dass er selbst auch keine Waffe trägt. Der erste und dritte Mann sind also unbewaffnet.

4:30 NACH ALEXANDRIA

Wenn der Zug mit 60 Meilen pro Stunde fährt, deckt er 88 Fuß pro Sekunde ab (1 Meile = 5280 Fuß; 5280/60 = 88), sodass die Länge des Zugs 88 (Fuß) × 3 (Sekunden), also 264 Fuß, beträgt. Um die komplette Herde niederzumähen, braucht der Zug 30 Sekunden. Die Länge der Herde beträgt also 88 (Fuß) × 30 (Sekunden). Dies entspricht 2640 Fuß.

SAFEKNACKEN 6

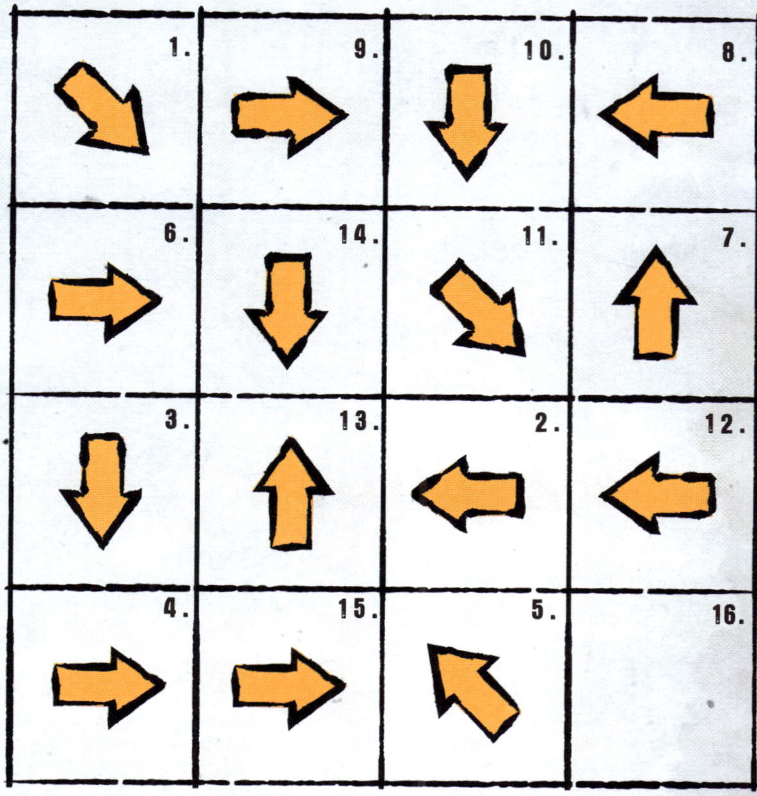

DER BRUNNEN TEIL 1

Der Mut

DER BRUNNEN TEIL 2

Der Buchstabe »T«

DER BRUNNEN TEIL 3

Wörter

DER BRUNNEN TEIL 4

Carol antwortete, dass Tiger nicht sprechen können.

DAS UNTOTEN-QUIZ – STAFFEL 7 EINFACH

1. Sie nennen sich alle Negan.
2. In Oceanside
3. Eine Legierung mit flüssigem Metall
4. Billard
5. Shiva
6. Sie tötet sich selbst mit einer Gifttablette, die sie von Eugene bekommen hat. Als Untote wird sie von Maggie endgültig getötet.
7. Eine Kiste mit Aspirin
8. Er war Tierpfleger in Washington und spielte Theater.
9. »Maggie, ich werde dich finden.« (im Original: »Maggie, I will find you.«
10. Rick, Carl und Morgan (Daryl und Carol erscheinen erst in der 3. Episode von Staffel 1.)

DAS UNTOTEN-QUIZ – STAFFEL 7 SCHWIERIG

1. Mit seiner Hand gibt er Sasha das Peace-Zeichen.
2. Stopfkopfhase (im Original: Grimbly Gunk)
3. Fat Joey
4. Mit einem Smiley verzierte Pfannkuchen
5. Tequila
6. Er spielt immer wieder den Song »Easy Street« von »The Collapsible Hearts Club«.
7. »Mercy for the lost. Vengeance for the plunderers.« (»Gnade für die Verlorenen. Rache für die Plünderer.«)
8. Aaron und Eric, die schon vor dem Ausbruch eine Beziehung hatten
9. Einen selbst geschnitzten Holzsoldat mit der Aufschrift »Didn't know« (»Wusste es nicht«).
10. Sie sollten zwölf Melonen liefern, brachten aber nur elf.

ABWESENDER VATER

SELTSAME WÄHRUNGEN

Die fairste Lösung bestand darin, dem Mann, der fünf Obststücke beigesteuert hatte, sieben Kugeln zu geben, während der Mann, der drei Obststücke zum Essen beisteuerte, eine Kugel erhielt. Zum besseren Verständnis teilen wir das gesamte Obst in Drittel. Insgesamt wären es also 24 Drittel Obst gewesen ((5 + 3) × 3), von denen jeder der drei Beteiligten acht Drittel gegessen haben. Der Mann mit den fünf Obststücken lieferte insgesamt 15 Drittel. Wäre sein ursprünglicher Anteil also acht Drittel gewesen, gab er Tara sieben Drittel ab. Der Mann, der drei Obststücke mitbrachte, lieferte neun Drittel, gab Tara also effektiv nur ein Drittel ab. Daher war es gerecht, dass der Mann, der fünf Obststücke mitgebracht hat, sieben Kugeln bekam und der andere nur eine.

KRIEGSTREIBEREI

Vor der neuen Runde hatte Tanya drei Runden und Eugene zwei gewonnen.

DER HOFFNUNGSVOLLE HILFSSHERIFF TEIL 1

40, denn (8 + 56) – (19 + 5) = 40

DER HOFFNUNGSVOLLE HILFSSHERIFF TEIL 2

77, denn 92 – (1 + 3 + 11) = 77

DER ERLÖSER TEIL 1

Als die Nachtwache Negan von seinem Traum erzählte, hatte der Mann damit gestanden, dass er bei der Arbeit geschlafen hatte.

DER ERLÖSER TEIL 2

Eugene schlägt folgenden Plan vor: Negan steckt den Gegenstand in die Kiste und verschließt sie mit einem seiner Schlösser. Nachdem Simon das Paket in Empfang genommen hat, bringt er sein eigenes Schloss an und gibt es Negan zurück. Negan entfernt dann sein Schloss und schickt das Paket wieder an Simon, der nun sein eigenes Schloss öffnen kann.

DER ERLÖSER TEIL 3

James hat Amber geküsst. Wenn es Dr. Carson gewesen wäre, hätte James die Wahrheit gesagt, aber gelogen, als er behauptete, Gavin sei unschuldig, was nicht möglich war. Wenn Fat Joey der Liebhaber wäre, würden die Aussagen von Dr. Carson derselben falschen Logik folgen wie der von James. Das Gleiche gilt für Fat Joeys Behauptung, dass Gavin der Verführer war.

IMMER WEITER

Die Zukunft